文庫書下ろし&オリジナル

赫《あか》眼《まなこ》

三津田信三

KOBUNSHA

光文社

目次

赫《あか》眼《まなこ》

子供の頃の記憶というのは、本当に奇妙なものです。

「小学校に入ったばかりやった。散歩中ちょっと目を離した隙《すき》に、見知らぬ小母《おば》はんに手を繋《つな》がれ、何処《どこ》かへ連れて行かれそうなんを見て、ほんまに魂消《たまげ》た」と初任給が出たとき、家族を少し贅沢な食事に連れ出した席で、酒に酔った父親に言われても全く思い出せなかったのに、「豆腐を買いに行かせたら、なかなか戻って来んで、あんときは心配したわ」という母親の他愛のない話には覚えがあるのですから。

いえ、お使いに行った記憶があるばかりでなく、そのとき釣り銭の五円玉をどうした拍子にかトタン板の隙間《すきま》に入れてしまい、何とか取り出そうと細い木の枝を突っ込んだことや、どうしても取れずに半泣きになっていると、通り掛かった他所《よそ》の小母さんが財布から硬貨を出して呉れたことまで鮮明に覚えています。結局この五円玉の件については、誰にも喋らなかった事実まで。

ああ、あなたは作家ですから、私のような記憶の曖昧《あいまい》さはないと思いますが――えっ、そうなんですか。やはり同じような経験があると仰《おつしや》る？

いや、それならご理解を頂けると思います。先程ちらっと申しました例の気味の悪い話なんですが、あれも鮮明に覚えている部分と、かなり曖昧模糊《もこ》としている箇所とが本当に交ざり合っているものですから、そちらのご期待に何処まで添えるか少し心配で……。もどかしく感じられるところがあれば、どうぞご勘弁下さい。

あなたと同じで、私も子供の頃は関西に住んでいました。地元の小学校に入学して一学期が終わり、さぁこれから友達と遊ぼうとした夏休みの間に、父親の仕事の都合で田舎に転校する羽目になったのも、偶然とはいえ一緒です。ただ大きく違うのは、新しく通う小学校の二学期の始業式に現れた転校生が、私だけではなかったということです。

目童《まどう》たかり――その女の子の名前ですが、名字の漢字は間違っているかもしれません。恐らく「目」は合っているでしょうが、「童」は何となく形で覚えているだけなので、余り自信はないです。下の名は最初から平仮名だったようにも、漢字があったようにも思えますが、いずれにしろ全く覚えていません。

髪の毛が長くて色の白い綺麗な子で、両の瞳が非常に印象的でした。最初はなぜなのか分からなかったのですが、よく見ると右目よりも左目の虹彩が濃かったんですね。そのちぐはぐな両目で見詰められると、まるで快感と戦慄を同時に味わう気分を覚えて……。

はっ？　ああ、それが初恋だったんじゃないかと？

いえ……、いや……どうでしょう？　正直に言いますが、一目惚れに近い感情をすぐに持ったのは確かです。ただ、それも数日で冷めたと申しますか、そのう上手く表現できないのですが……言わば見詰められた際に覚える快感よりも、いつしか戦慄の方が勝ってしまったと説明すれば分かって貰えるでしょうか。

実は、もう疾《と》っくに亡くなりましたが母方の祖母は昔、拝み屋をやっておりました。その血なのかどうか、私も極偶《ごくたま》にですが子供の頃に、関わってはいけない人や物や場所が分かるときがありました。もちろん当時、そんな意識は少しも持っていませんでしたから、ただ何となく彼女と対峙《たいじ》すると居心地が悪いなと感じる程度だったわけです。

ところが、同時期の転校生という理由からか、私は教室で彼女と机を並べることになりました。如何《いか》にも使い込まれた、表面に色々と彫り跡のある木の机を仲良く横に並べて座ったんです。地元の子供たちと早く打ち解けるためには、この組み合わせは逆効果じゃないのかと、今から見れば首を傾《かし》げざるを得ませんが、きっと担任の先生には何か考えがあったんでしょうね。

それでも私は特に苛《いじ》められることもなく、すぐに友達ができました。一人は級長をしている米倉《よねくら》で、よく勉強のできる奴でした。もう一人は餓鬼大将の熊田《くまだ》で、町の資産家の息子です。子供心に米倉の家が、余り裕福でないことは察しが付きました。でも、頭の良い少年らしく、常にこざっぱりしている印象が彼にはあって。それに対して熊田は、どれほど綺麗な服を着ていても、いつも青洟《あおばな》を垂らしている悪餓鬼そのものの有り様でした。

この二人と友達になったのは正解で、米倉には何度も宿題を助けて貰い——尤《もっと》も私より熊田の方が多かったですが——熊田とは仲良くなることによって、学年にいる苛めっ子から我が身を守れたからです。当然そんな計算をして、二人と友達になったわけではありません。飽くまでも結果的にそうなっただけです。こういったところも、ひょっとすると祖母の血のお蔭なのかもしれません。

一方の目童たかりはというと、一向に友達ができない様子でした。転校して数日は、同じ組の女の子たちも色々と話し掛けてたようですが、それが自然に一人減り二人減り……となり、ふと気付くと誰も彼女に近付かなくなっていました。ただ、決して仲間外れという雰囲気ではないのです。何て言えば良いのでしょうか。まるで腫れ物に触るかの……いえ、あれは畏怖の念に近いものだったような……。

掃き溜めに鶴——ですか。確かに田舎の垢抜けない女の子たちの中にあって、彼女がずば抜けて美しかったことは間違いありません。熊田をはじめ当時の子供など、今とは違って何処か薄汚れた餓鬼という感じがありましたからね。それが田舎の子となると余計です。女の子とはいえ小学生では、まだまだ色気付く年頃には程遠かったですから。

なのに目童たかりには、既に妙な色香が漂っていました。これは私の記憶違いかもしれませんが、ずっと同じ服を着ていたにも拘《かかわ》らず——ええ、転校して来た日の服装のまま、その後も通学していたような覚えがあるんです。それも決して綺麗とは言えない、むしろ見窄《みすぼ》らしいと表現した方が良いような代物でした。子供は残酷ですから、普通なら「汚い」とか

「臭い」とか囃《はや》し立てたことでしょう。実際、彼女ほど酷《ひど》くはありませんが、それでも明らかに数少ない服を着回している女の子が同じ組に一人いて、そういう苛めを受けてましたからね。

　ところが、毎日のように同じ服を着て来ても、目童たかりは何も言われませんでした。襤《ぼ》褸《ろ》を纏《まと》っているのに、誰からもその美貌を認められ、更に畏怖されていたわけです。どれほど彼女の存在が異色だったか、お分かり頂けるでしょうか。

　あっ、そう言えば四年生の女子で一人、目童たかりを目の敵にしていた……確か、花崎《はなざき》とかいう子がいました。いつも派手に着飾った服を着ていて。女の子の服に興味がない私にさえ、その洋服代が莫迦《ばか》にならないことが分かるくらいでしたから、きっと家が熊田のところのように裕福だったんでしょう。

　目童を苛めるに際して花崎は、表向きは服装の貧しさを揶揄《やゆ》しました。けれど、本当は相手の容貌に嫉妬していたのだと思います。彼女が転校して来るまで学校一の美人は、自他ともに花崎だという暗黙の了解があったんですね。それが危うくなりだした。しかも相手はまだ小学一年生のうえ、薄汚れた服を着替えもしない子なのですから、まぁ花崎が頭にきたのも理解はできます。

　当の目童たかりは、至って大人《おとな》しい性格でした。彼女が自分から誰かに話し掛けたのを見た記憶がありません。休み時間は大抵、机に座って図書室の本を読んでいました。それでも誘われると、素直に女の子たちと一緒に遊んでいたようです。つまり自ら同級生に働き掛けることが、ほとんどなかったわけですね。

そんな子でしたから、あからさまな悪口を花崎に言われても、廊下で擦れ違い様に小突かれても、履き古したズック靴を隠されたり汚されても、下校の途中で泥の塊を投げ付けられても、怒りもせず泣きもせず、また担任に訴えることもなく、普通に通学していました。

いいえ、耐えているという様子ではありません。本当に淡々と日々を過ごしているといった感じで、花崎の苛めも退屈な日常の一部として受け止めている、そんな雰囲気がありました。うちの組をはじめ同じ学年の誰一人として目童に手を出さなかったのは、既に花崎による過酷な仕打ちがあった所為《せい》と、それに対して何ら臆さない彼女の反応に、子供ながらも尋常ではない何かを感じ取ったからかもしれません。

しかしながら私だけは、目童たかりを避けることも距離を取ることも不可能でした。何と言っても席が隣同士だったわけですから。彼女が教科書を忘れたときなど、私が見せなければなりません。本当に態《わざ》とじゃないかと勘繰《かんぐ》るほど、よく教科書を間違えて持って来ました。なのに勉強はよくできるのです。恐らく米倉よりも、成績は良かったんじゃないかと思います。ちゃんと力を発揮していればですけど。

実は、横にいて何となく気付いたのですが、どうも彼女は時折、本当は分かっている癖に知らない振りをしたり、間違った答えを言ったり書いたりしていたような……。莫迦莫迦しい考えだとは自分でも思いますし、そんなことをする必要が何処にあるのか、そう訊《き》かれると言葉に詰まるのですが、なぜか確信がありました。もちろん誰にも言ってません。どんな形であれ、なるべく彼女と関わりたくなかったからです。

ただ困ったのは、教科書を見せるくらいは良いものの、彼女が碌《ろく》に文房具類を持っていなかったことです。筆箱どころか鉛筆や消しゴムといった最低限の筆記具さえ、最初はなかったのですから本当に驚きました。幸い担任の先生が、色鉛筆や絵具も含めて何とか用意をしたようでしたが、それでも私が貸したり上げたりする必要がありました。

当時、文房具などを買うお金は、毎月の小遣いとは別に母親から貰ってました。まぁ私の家は中流の中程度でしたので、彼女に上げる分を余計に購入したからといって困るわけではありませんが、お蔭で母親にはよく叱られました。しばしば私が物差しをなくした、絵筆を落としたと口にしたからです。

あっ、そう言えば……今ふと気付いたんですが、目童たかりから御礼を言われた覚えが一度もない……。なのに当たり前のように、便宜を図っていた記憶が……。

いや、これ以上もう細かい話をしても仕方ありませんね。先程ちょっとだけ触れた例の気味の悪い話をしましょう。

あれは転校した年の、晩秋の頃だったと思います。彼女が学校を休んだため、給食のパンと宿題の藁半紙《わらばんし》を家まで届けることになりました。ええ、私がです。そういう場合は、休んだ子の家に最も近い住所の同級生が届ける決まりでした。どう考えても我が家が該当するはずはなかったと思うのですが、その役目は私に回ってきました。ただし、米倉も一緒です。彼は級長でしたから、別に不思議ではありません。とはいえ、わざわざ私の付き添いを彼にするよう担任が命じたのには、少し違和感を覚えました。転校して来て間もない頃なら分かりますが、すっかり学校にも町にも慣れたときですからね。

でも、米倉の同行は大歓迎でした。やはり目童たかりの家に独りで行くことを考えると、どうしても気が重くなったからです。

さて、肝心の道程についてでは矢鱈《やたら》と遠かった覚えがあるだけで、ほとんど記憶にありません。米倉の先導によって、私は単に彼の進むがままに歩いただけですから。

それでも脳裏に残っているのは、鬱蒼《うっそう》と薄《すすき》が茂る川原の風景です。その時点で、かなり町外れまで来てしまったという印象を受けた所為か、ここからの記憶は割合にしっかりとしています。

「目童さんって、勉強ができるんかできへんのか、よう分からへん」

本当に唐突でしたが、そう米倉が言いました。

「難しい問題に答えた思うたら、それほどでもない先生の問いに、あっさり分かりません言うたりするし、どんな頭してるんやろ思うわ」

もちろん私は、どきっとしました。さすがは米倉だと感心しつつも、自らの疑いが証明されたことに秘かな興奮を覚えました。それでも彼に自分の考えを教えなかったのは、更に米倉が彼女の言動に注目するのを恐れたからです。万一、彼がそんな疑いを持っていると相手に悟られたら……そう思った途端、二の腕に鳥肌が立ちました。なぜ彼女に知られることを恐れるのか、自分でも満足のゆく説明はできませんでしたが……。

「あ、あんまり頭が良過ぎて、そうなるんと違うかなぁ」

精一杯さも何でもない風に応えましたが、米倉は「そうか？」と不満そうです。そこで私は周囲を見回しつつ、

「それにしても、偉い遠いところまで来たなぁ」

「えっ？　ああ、せやな……。この川を遡《さかのぼ》って行ったら、もう隣町の校区やろ。いや、疾っくにそうかもしれんで」

米倉の気を逸《そ》らすために発した何気ない言葉でしたが、それが皮肉にも目童たかりに対する新たな興味を彼に齎《もたら》してしまったようで、

「なんで彼女はこんなとこから、わざわざうちの学校まで通ってんのやろう？」

歩きながらも大人のように腕組みをして、頻《しき》りに考え込んでいます。

そんな彼の様子が、いえ、更に増えてしまった彼女に対する不審点が、私には途轍《とてつ》も無く忌まわしく感じられてなりませんでした。最早、彼の関心を他に向ける心の余裕など、すっかり失《う》せていました。

ところが次の瞬間、米倉は急に立ち止まったかと思うと、

「おい、あれ……」

前方を凝視したまま呟き、その場で固まってしまいました。

今こうして思い出していても、あれが実際の光景だったのか……と、やはり首を傾げてしまいます。もっと幼い頃に映画館で目にした、映像の中の一場面ではなかったのかと考えてしまうのです。

川が大きく左手に弧を描いた手前の川原に、その奇妙な建物はぽつんとありました。それは板と丸太を組み合わせ、ほとんど素人が造ったのではないかと思えるほどの、何とも粗末な小屋でした。しかも全体が右に傾いており、左手から強風でも吹こうものなら、たちまち木っ端みじんに飛ばされてしまいそうな危うい代物なのです。

私と米倉は顔を見合わせましたが、お互い一言も喋りません。まさか——と思いながらも、二人とも目の前の掘っ建て小屋が、目童たかりの家だと確信していたからです。

「どうする?」

猾《ずる》いようですが、すぐに私は判断を彼に委《ゆだ》ねました。

「行くだけ行こう……。パンと宿題さえ、届ければ済むんやから」

これだけの会話で、二人とも同じ気持ちであることが分かりました。

あの見窄《みすぼ》らしい自宅を友達に見られるのが、どれほど子供にとって恥ずかしいかを思うと、

とても彼女には会えないこと。それでも届け物は渡す必要があるので、戸口の前にでも置くつもりであること。そして、なぜかあの家が恐ろしく感じられてならないこと。

すぐ側《そば》を流れる川は幅も狭く、日照りが続けば干上がってしまうくらい水深も浅かったのですが、田舎だけに水が澄んでいて非常に綺麗でした。

なのに、その如何にも清浄とした流れとは逆に、清らかなるものとは正反対の何かを全身に纏ってその家は存在している――上手く表現できませんが、そんな風に思えてならなかったのです。きっと米倉も似た感情を覚えたに違いありません。

だからでしょうか。ふと、目童たかりが隣町の学校に行かない――いえ、むしろ行きたくても行けないのは、この清流を越えられないからではないか……。小学生でも向こう岸に渡れる川の流れが、ひたすら澄んで清らかであるが故に、彼女には侵すことのできぬ一種の境界線になっているのではないか……などと私は考えていました。

もちろん子供らしい他愛のない莫迦げた発想ですが、小さな川のため何処にも橋など架かっていなかったのは事実ですし、それに――いや、今更あなたに対して向きになっても仕方ありませんね。先を続けましょう。

川原の風で揺れる薄の穂の群れの直中に、沈みゆく夕陽の毒々しいまでに朱色の鈍い光を受けて立つ、ほとんど廃屋のような小屋へと、私たちは無言のまま、そのうえ足音さえも何とか殺そうとしながら、ゆっくりと近付いて行きました。

そのときです。鮮血のように染まる空を背景に、奇っ怪な家の上を舞う幾つもの小さな影を認めたのは……。

最初は鳥だと思いました。でも、それにしては動きが変です。まるで蝶が飛んでいるような、そんな様子でしたから。しかし、それらが蝶であれば、途轍も無く大きな化物蝶になってしまいます。

「蝙蝠《こうもり》や……」

米倉の呟きと、前方で狂ったように乱舞する小さな黒い影とが、すぐには結び付きませんでした。蝙蝠というものは洞窟に棲んでいて、夜にならないと飛ばないものだと思っていたからです。もちろん生まれてはじめて目にした所為でもありましたが、そういう意味では最悪の出会いだったかもしれません。ただでさえ蝙蝠は忌まわしい生き物という印象を持たれ易《やす》いわけですが、あのとき以来、私にとっては禍々《まがまが》しい予兆を告げる邪悪の遣いとしか映らなくなってしまって……。

もう家まで四、五メートルばかりだったでしょうか。突如として米倉が右手の人差し指を上げ、盛んに目の前の小屋を指差し出したのは。

最初はさっぱり訳が分からず、彼の突然の仕草に驚いただけでした。でも、よくよく彼が指し示す玄関の引き戸の右横を見て、更にびっくりしました。郵便箱があったからです。存在して当たり前のものなのに、この家にあるのかと仰天したのです。

もちろん米倉の考えは、すぐ理解できました。パンと宿題の藁半紙を郵便箱に入れて、一目散に帰ろうというわけです。

そこから二人は今まで以上に抜き足差し足の状態で、本当に滑稽なほど物音を立てないよう注意しながら、一歩ずつ奇妙な小屋へと接近しました。まだまだ郵便箱には手が届かない地点から、私は既にパンと宿題を握った右手を前へと伸ばし、できるだけ家に近付くことなく自分の役目を果たそうとしていました。

そして、ようやく藁半紙の先が郵便箱に触れたときでした。

「あっ……」

斜め後ろにいた米倉が何とも怯えた声を上げたので、思わず脅かすなよと振り返ろうとして、私は目童たかりと対峙していました。

いつの間にか引き戸が開けられ、その向こうに彼女が立っていたのです。全く物音も立てずに、しかも小屋全体が傾いている状態で普通に扉が開いたことも不思議でしたが、こちらの動きを見透かしたような彼女の登場に、私はもう少しで悲鳴を上げるところでした。

「ま、目童さん……今日、や、休んだやろ。せやから給食のパンと宿題をな、も、持って来たんや」

立ち直りは米倉の方が早かったですね。まだ私が右手を郵便箱に伸ばしたまま硬直していたら、そつなく彼女に話し掛けつつ、こちらの背中を叩きましたから。

「お、お父さんは……」

なぜ突然そんなことを口にしたのか、自分でもよく分かりません。私はパンと藁半紙を差し出しながら、そう問い掛けました。

しかし彼女は届け物を受け取ると、小さく首を振っただけでした。その仕草は出掛けていて今はいないと答えているようにも、自分には父親がいないと言っているようにも、どちらにも見えます。

「じゃあ、お母さんは……」

後ろで米倉が、私の上着の肘《ひじ》の辺《あた》りを引っ張っていました。こいつは何を言い出すんだと慌《あわ》てたのでしょう。実は自分でも口にした後で、そういった質問は目童たかりには禁忌《きんき》なのではないか、なぜか即座にそう思いました。

ところが、彼女は家の中を振り返ると、奥を指差したのです。

夕暮れ時とはいえ外の明るさに比べ、屋内は真っ暗と言っても良いほどの闇に満ちていました。上着の袖が頻りに引っ張られるのを無視して、私は一歩ずつ戸口へと近付きました。もちろん怖くなかったわけではありません。ただ、あのときは好奇心の方が勝って……いえ、怖いもの見たさの邪心に負けたのです。

やがて少しずつ暗闇に目が慣れてくると、戸口を入ったところから鉤《かぎ》の手に土間が続いており、手前に囲炉裏のある板敷の間が、その奥にどうやら畳敷の間が設《しつら》えられているように思われました。奥の間の様子がはっきりしなかったのは、板敷との間に葦簀《よしず》が下げられていたからです。それでも、方々が折れ幾つもの穴が開いた葦簀の向こう側に、蒲団を敷いて寝ている者がいるらしい……と辛うじて分かりました。

　ただ、奥の間に臥しているそれを認めた途端、私は背中に物凄《ものすご》い悪寒を覚え、もう居ても立ってもいられなくなって――気が付くと、ひたすら黙々と川原を戻っていたのです。後ろから米倉が付いて来ていることは微《かす》かに感じてましたが、仮に彼の気配がなかったとしても、あのときの私はそのまま独りで帰ったでしょうね。

　その夜、私は薄気味の悪い夢を見ました。

　部屋で寝ていると、ふと目が覚める。何かを察して起きたようなのに、蒲団から出て辺りを見回しても特に変わった様子はない。おかしいなぁと首を傾げながら寝床に戻ろうとして、その気配に気付く。何処か遠くの方から何かが、自分の家に、この部屋に、私自身に近付いて来ようとしているのを……。

　はっと目覚めると、朝でした。一瞬、起きたのが夢の中と同じ真夜中で、全く一緒の気配を感じていたらと思うと、ぞっとしました。

　学校に行くと米倉がすぐ寄って来て、誰もいない教室の隅へと促し、

「昨日の夜な、変な夢を見たんや」

　自分でも顔色が変わったのが分かりました。でも彼は、その夢の話に気を取られていて、

私の反応には全く無頓着です。

「その夢って、まさか……」

米倉が話し出す前に、私は自分の体験を喋ってました。彼から全く同じ夢の話を聞かされるかもしれないと思うと、もう怖くて堪《たま》らなかったからです。可哀想なのは米倉でした。たちまち顔から血の気が引き、今にも倒れそうになったのですから。

「や、やっぱり同じなんか……」

その身体を支えながら訊くと、彼は微かに首を振りつつ、

「ほとんど一緒やけど、一つだけ違うんは、家《うち》には来たんや……」

「な、な、何が……」

米倉の答えに、私は息を呑みました。目童たかりが来たというのです。夢の中で目覚めた彼が部屋の窓から外を見ていると、彼女が道の向こうから徐々に近付いて来て、家の中に、部屋の中に入れてくれと言った……と。

「彼女が、そう喋ったんか」

夢とはいえ意外に思ったので尋ねると、彼は違うと否定しました。彼女は口を開いていないが、なぜかそう言われていると分かったらしいのです。

「そ、それで……どうしたん？」

米倉はこちらが驚くほど強く首を振ると、絶対に入れる気はないと叫びました。教室にい

た全員が注目したほど彼の声は大きく、そして震えていました。そう、ちょうど登校したばかりの彼女の注意も引くほどに——。

それから毎晩、二人は同じ夢を見続けました。私の方は相変わらず何かが来る気配だけで、それが現れることはありませんでしたが、米倉は真夜中の目童たかりの訪問を受け続けたのです。そのうち彼は、私を避けるようになりました。

「お前ら、何ぞ喧嘩でもしたんか」

熊田に不審がられるほど、米倉の私に対する態度は変でした。そればかりでなく勉強にも遊びにも身が入らない、そんな彼の姿が見られるようになったのです。熊田も心配して私との仲を取り持とうとしましたが、今度は熊田自身が厭《いと》われ出して、どうにも打つ手がありません。

あの家を訪れてから十日ほど経った頃、私が下校しようとしていると、珍しく米倉の方から寄って来て、

「昨日の晩な、もうええわって気になって……入れたんや」

私は何も言えませんでした。一瞬にして身体が強張《こわば》ると同時に、口の中がからからに渇いてしまったからです。尤も彼はそう告げると、あっという間にいなくなりましたので、たとえ喋れたとしても私に何かを言う暇などなかったと思います。

米倉の姿を見たのは、それが最後でした。

翌日、彼は学校を休みました。二日目も、三日目も、四日目も……そして五日目の給食のとき、担任の先生から今朝早くに彼が病死したと知らされました。死因が何かは分かりませんん。先生も「急な病気で亡くなった」としか言いませんでした。

次の日が通夜で、二日後が葬儀だったと思います。もちろん私は両方とも出たのですが、ちょうどその頃、母方の祖母が泊まりに来ていました。何か理由があったのかどうかは知りませんが、これが私には幸いしたのです。

親しかった友達の通夜に行くと分かった途端、祖母は私に大蒜《にんにく》を持たせようとしました。母親が、「そんな臭《にお》いのきついもの」と嫌がりますと、祖母は「なら、韮《にら》でええ」と言ったのですが、生憎《あいにく》そのとき家には韮がありません。母親は、「どうしても必要なら、途中で買います」と祖母を宥《なだ》めながら、私には「早う仕度しなさい」と急《せ》かします。

ところが、きっと祖母は、それが口先だけの約束だと分かったのでしょうね。台所を探り出したかと思うと出汁雑魚《だしじゃこ》を見付け出し、それを小さく切った新聞紙に少しずつ入れた包みを三つ作り、私の上着とシャツとズボンのポケットに入れると、「ええか、通夜から帰って来るまで、絶対に捨てたらあかん」そう厳命しました。

母親も雑魚なら大して臭わないと思ったのか、祖母の気の済むようにさせましたので、私は言い付けを守ることができたのです。にも拘らず、また通夜の席では大丈夫だったのに、葬儀では見る見る具合が悪くなって、母親におぶわれながら家に帰る羽目に陥りました。その日も忘れず雑魚を身に付けていたのに……。

　家が見えてきたところで、まるで私たちの帰りを待っていたように、玄関の前に出ている祖母の姿が目に入りました。祖母は私の様子を目に留めると、信じられないことに通せんぼをしました。母親を家の中に入れようとしません。そのうち怒り出した母親に対して、

「この子は私に任せなさい。あんたは近所の農家に行って、箕《みの》を借りといで」

　そう言ったまま、頑として玄関の前から動かないのです。その尋常ではない様子に、さすがに母親も唯事《ただごと》ではないと悟ったのか、素直に私を祖母に預けると付き合いのある農家へ向かいました。

　祖母は、玄関前の敷石に私を座らせ、扉に身体を凭《もた》れ掛からせると、そのまま家の中へと入ってしまいました。母親が箕を持って戻って来るのと、祖母が軽く火で炙《あぶ》った鍋を手に出てくるのとが、ほとんど同時でした。祖母は、ほんわりと温かい鍋を私の頭に被《かぶ》せると、箕を両手で裏向きに持った状態で、それを団扇《うちわ》のように使って私を三度ほど扇ぎました。

するると、それまで苦しかったのが、すうっと消えたんです。葬儀に行く前の元気な状態に戻ったわけではありません。そうですね。譬《たと》えるなら病み上がったばかりの身体……そんな感じでしょうか。

　すぐに寝巻きに着替えさせられ、蒲団に入れられました。ただし、祖母は枕元から離れようとはせず、葬儀を出した友達について気になることがあったら、どんな些細《ささい》な出来事でも

良いから残らず話すように、と私を促します。そこで、彼の夢の話から遡って目童たかりのことまで、全てを祖母に打ち明けました。

「その子の〈目童〉いう名字は、〈魔道〉にも〈魔導〉にも通じるな」

そう呟いた祖母は、私にも理解できるように〈魔が通る道〉と〈魔の導き〉について教えてくれました。

「しかも下の名の〈たかり〉は、『蠅が集《たか》る』とか『蚤が集る』とかいう、あの意味と同じや。『病気になる』いうけど、『風邪が憑く』とも『肺病集り』とも地方によっては口にするからな」

もちろん当時の私に、祖母の話の全てが分かったわけではありませんが、少なくとも自分が彼女に覚えた何かが、決して間違っていなかったことを確信しました。

「婆ちゃんが守ったるから、何も心配せんでええ。ただな、その子は当然として、決して絶対に何が来ても家の中に入れたらあかん！　ええな？　約束できるな？」

「ゆ、夢の中……でも？」

「それはな、夢とは違……いや、そうや。夢の中でもや」

その夜から二階の私の部屋の窓には大蒜が吊り下げられ、寝る前には韮を嚙《か》むようになりました。両親と祖母の間で諍《いさか》いがあったような気もしますが、父も母も結局は祖母の好きにさせたようです。

私は相変わらず同じ夢を見続けました。目童たかりではなく、何か得体の知れぬものが我が家に近付いて来ようとしている例の夢です。その気配はとても忌まわしいものでしたが、幸いにも肝心の姿を現さないため、こちらも家に入れようがなかったとも言えます。

それ故に少し安堵《あんど》した私は、近付いて来る気配だけだから大丈夫ではないかと、当初予定していた滞在日数を過ぎても留まっていた祖母に訊いたのですが、

「あかん！　絶対に気を緩《ゆる》めるんやない。どうもなんぞ理由があって、かなり弱ってはいるみたいやけど……いや、ええか、そうは言うてもそれはな、その女の子なんか問題にもならんくらい恐ろしいものなんや」

そう一喝され、再び恐怖のどん底に突き落とされました。

その日の夜でした。私は夢の中で、カーテンの閉まった窓の前に立って、その隙間から外を見下ろしています。窓の下には小さな庭があり、垣根を隔《へだ》てた向こう側に、細い道が真っ直ぐ延びているのが分かります。つまり我が家に突き当たったところで道は、垣根に沿って直角に左右へと折れているわけです。よって二階の窓から外を見ると、嫌でも民家の間を通るその道が目に付きます。

と、いつもは厭な気配が漂うだけの道の果てに、何かの姿がちらっと見えたと思ったら、たちまち人の形となって、どんどん我が家に近付きはじめました。道の半ばまで来たとき、薄ぼんやりと点《とも》った電信柱の街灯の明かりで、それが目童たかりだと分かりました。

彼女は俯《うつむ》いた状態で、すうっと滑るように進んで来ると、窓の下の垣根の向こう側で立ち止まり、そこで徐《おもむろ》に顔を上げ……ぬちゃっと笑ったのです。ええ、その笑いによって、実際にそんな身の毛もよだつような音が、はっきり私には聞こえました。

しかし、私の背筋を凍らせたのは、無気味な笑みの所為だけではありません。彼女は右目よりも左目の虹彩が濃かったと言いましたが、その薄いはずの右目が、そのとき真っ赤だったんです。まるで生き血を直に眼球へと垂らした如く、毒々しいまでの朱に染まっていたんです。

もちろん私は寝床に戻ろうとしましたが、どうしても身体が動きません。むしろカーテンを開けたい欲求に、そして窓を開放したい誘惑に抵抗しなければなりませんでした。それでも辛うじて、何があっても彼女を家の中には入れないという意思だけは失わないよう、自分に言い聞かせ続けました。

ところが、いつまで経っても彼女は、家に入れてくれという素振りを見せません。米倉の話では、そういう意思表示をするはずなのに、ただ凝《じ》っと私を見上げているだけなのです。どれほど、その奇妙な対面が続いたでしょうか。やがて、（あしたね）という言葉が頭の中に響き渡り、目が覚めるともう朝でした。

朝食の席で私は、このことを祖母には喋りませんでした。とても彼女を恐れながらも、（あしたね）に含まれた甘い声音《こわね》に、逆上《のぼ》せたようになっていたからです。だから学校に向かう私の心は、千々に乱れていました。彼女と顔を合わしたくないと思う反面、早く会いたいとも感じる、何とも矛盾した心境です。ちなみに祖母からは、目童たかりの前では、これまで通りに振る舞えと注意されていました。

その日、彼女は学校に来ませんでした。私は安堵すると共に落胆しました。でも、そんな余裕があったのも放課後まででした。なぜなら彼女が休んだということは、給食のパンと宿題の藁半紙を、私があの家に届けなければならない……その役目を、すっかり失念していたからです。

今から考えると、そんなもの放り出して家まで帰れば良かったのに、とは思います。しかし当時の子供にとって、担任の先生の言い付けは絶対でした。ちゃんと説明できる理由もなく、蔑《ないがし》ろにすることなど到底できません。かといって一緒に行ってくれる米倉は既になく、熊田はその日に限って珍しく急な腹痛で早退しており……。私は掃除も終わって皆が帰った教室で独り、しばらくぼうっと佇《たたず》むばかりでした。

そのうち、自分が徒《いたずら》に時間を無駄にしていると気付きました。初冬の夕暮れは、あっという間に陽が翳《かげ》ります。そんな状況の中で、彼女の家を訪れることを考えた途端、私は教室を飛び出していました。擦れ違う人が何事かと思うくらい、必死に駆けました。

にも拘らず、どうやら教室での逡巡が徒《あだ》になったようで、穂が飛び散って枯れはじめた薄が茂る川原で、あの家と再び対峙したときには、血飛沫《ちしぶき》に彩られたような夕焼けが辺り一帯に広がっていました。その毒々しいまでの眺めを背景に、小さくて粗末な見窄らしいだけの小屋が、なぜか圧倒的な存在感を持って立っている光景が、私の眼前にあったのです。

もう少しも時間を無駄にできないと思いながら、小屋を目にした瞬間、その場で立ち竦《すく》んでしまいました。なかなか足が前に出ないまま、どんどん陽が傾いてゆきます。米倉がいてくれたら……と心底望んだところで、彼がどうなったのかを改めて思い出した私は、わあっという声にならない叫びを心の中で上げながら、目の前の家に向かって走り出しました。物音が立つことなど全く気にせず——というより必死で無視しながら——家まで辿《たど》り着くと、パンと藁半紙がくしゃくしゃになるのも構わず、郵便箱に突っ込みました。そして一目散に、そのまま取って返そうとしたときでした。

家の中から誰かに呼ばれたのは……。

いえ、そんな気がしただけかもしれません。実際に何と聞こえたのか、そのときも分かりませんでしたから。ただ迂闊《うかつ》にも、私は咄嗟《とっさ》に返事をしてしまったのです。

その途端、川原が一気に静まり返りました。枯れ薄を揺らす風の音も、すぐ側を流れる川のせせらぎも、盛んに鳴いていた鳥と虫の声も、全てが寂として……。

それなのに家の中からだけは、妙な物音が聞こえてきました。

ざっざっざっ……と畳を擂るような、ばりばりっ……と朽ちた葦簀に手を掛けたような、ずっずっずっ……と板敷の間を這うような、どんっ……と土間に落ちたような、ぴたぴたぴたっ……と土間を歩いているような、徐々に大きくなってゆく物音が、確実に戸口へと向かってくる気配が……。

と、目の前の戸が、すうっと音もなく開いたかと思うと、家の中から生白い手のようなものが、にゅうっと私に伸びてきて……。

それからどうなったのか、よく覚えていません。もちろん即座に逃げ出したのですが、どうやって家に帰ったのか記憶がないんです。すぐ高熱を出して寝かされたこと、医者の往診があったこと、そのまま学校を休んだことは間違いありませんが、それだけです。

えっ、家の中から出て来たものを、はっきりと見なかったのか……と？

実は、川原を逃げながら一度だけ振り返ったのですが……。そのとき目にした光景だけは、今も脳裏に焼き付いてます。ただ、それを上手く言葉にできないと言いますか、私に絵心でもあれば、あの悪夢のような眺めを少しは正確に伝えられるでしょうに……。

もう薄暗くなった空を背景に、ぽっかりと口を開けた真っ暗な家の戸口から、生白い人のような形をしたものが、ゆらゆらっとこちらに迫って来る……。ええ、飽くまでも人のような格好であって、人間そのものとは違う……。つまり人であれば、頭、首、肩、腕というように、部位がはっきりしてますよね。でも、それはそこが曖昧で……人の形をしていながら不定形とでも言いますか……そんなくねくねとしたものでした。だから余り速く走ることができず、まだ小さかった私でも逃げ切れたのではないか、と後になって悟りました。

ただ、全身が生白かった中で、一箇所だけ赤い部分があったんです。そう、目です。いや、目だと思われる辺りです。それも片目だけ……。

夢ですか……。はい、高熱に魘《うな》されながらも、見続けたような気はします。幸いほとんど覚えていませんが、その生白い人のような何かが、例の細い道を我が家までやって来たのは間違いないでしょう。でも、きっと祖母の守りが堅くて、それ以上はどうしようもなかったんだと思います。

熱が下がると、祖母は強引に私を自分の家まで連れ帰りました。もちろん両親は反対しましたが、「この子の命に関わることや」という祖母の物凄い剣幕に、渋々ながら折れたようです。ですから私は、小学一年生の二学期の後半は、ほとんど学校に行きませんでした。でも、のんびりと遊んでいられたわけではありません。祖母が結構厳しく私の勉強を見ましたから。

新しい生活に慣れた頃、ようやく私は目童たかりが夢に現れたこと、彼女の家で見た生白いもののことを祖母に話しました。

「あかまなこ……」

しかし、祖母はそう呟いた切り何も言いませんでしたし、私も敢えて言葉の意味を訊ねようとは思いませんでした。その表情を目にしただけで、祖母がそれまで考えていた何かよりも目童たかりとあれの正体の方が、遥《はる》かに忌まわしく恐ろしいものであったのだと瞬時に察して、ぞっとしたからです。

　両親の元に戻ったのは、年が明けて冬休みが終わり、三学期がはじまってからです。そうなんです。冬の間に目童たかりは転校していました。さぁ、何処に行ったのかは知りません。ただ、その冬その田舎では、小学三年生の男の子が行方不明になるという事件があったそうです。いえ、それだけのことで……。

　あっ、まだありました。花崎という四年生の女子の話をしましたよね。彼女もいなくなってたんです。尤も遠くの方の病院に入ったという話でした。子供の間の噂《うわさ》では、何でも頭がおかしくなったとか……。彼女が学校に来なくなる前の日の放課後、目童たかりと二人で校舎裏の藪の中に入る姿を見た、と話してくれた同級生がいましたけど……そこで何があったのか、またはなかったのか、誰にも分かりません。

　確かなのは、もう私が夢を見なくなったということです。正確には一度だけ、二階の窓から外の道を見下ろしている夢がありました。ただし、そこで感じたのは、何か忌まわしいものが自分からどんどん遠離《とおざか》って行く……そんな安堵の気持ちでした。

　私が大学生のときに、祖母は亡くなりました。その数カ月前に祖母を訪ねたのですが、帰り際になって急に、

「もしな、またあの夢を見るようなことがあったら、あれが近くまで来とるから……。そうなったら、なるだけ早いうちに、あの夢の話を誰かに喋るんや。ああ、誰でもええけど、な

るべく知らん者の方が、後々の付き合いを考えたらええやろ。ええか、分かったな」

それで今、お話ししたんですよ。

あなたも早く誰かに話すか……いえ、作家なんですから小説として発表すれば、きっと大丈夫ですよ。ええ、あなたはね。

怪奇写真作家

サイモン・マースデンというイギリス人の写真家をご存じだろうか。日本では十年近く前に、今はなきトレヴィルから写真集『幽霊城』と『悪霊館』を立て続けに出している。ただ、その二冊以外では、エドガー・アラン・ポーの怪奇小説「黒猫」「アッシャー家の崩壊」「モレーラ」「楕円形の肖像画」「ベレニス」「ウィリアム・ウィルソン」の六篇を彼の作品によって彩る試み『ポーの黒夢城』（大栄出版）が刊行されたくらいで、残念ながら日本では一部の怪奇愛好家のみが絶賛しただけに終わった、という印象の写真家なのだが……。

マースデンの作品は、イングランド、スコットランド、ウェールズ、アイルランドで撮られているものが多い。主にイギリスで、と決して一括《ひとくく》りにはできない雰囲気が個々の写真にはあり、怪異の多彩さを我々に見せ付けてくれる。彼の被写体となるのは、それらの地方に現存する古《いにしえ》の城や城館、その廃墟、無気味な伝説が残る遺跡や土地、更に様々な彫像や墓碑など、どれも歴史の感じられる建造物や風景ばかりである。

彼は各々の場に潜む闇の世界を、赤外線カメラを用いたモノクロの、ざらざらとした独特の質感のある写真に封じ込めてしまう。その瞬間、作品には独自の気配が漂いはじめる。もちろん被写体そのものが異様な気を放っているのだが、彼にはそれを増幅させる能力があるとしか思えない。誰もが色々な媒体で見慣れているはずのヴェルサイユ宮殿も例外ではない。彼の手に掛かると見た目は壮麗な華飾の園さえも、歴史の闇に埋もれ隠れてしまった忌まわしい暗部が、一瞬にして暴かれ晒《さら》されることになる。

マースデンの視線は、明らかに異界人のそれだ。彼の瞳には被写体がはっきり映ると同時に、全く別の世界が広がっているに違いない。その眼力によって彼は、異界を現出させることができるのだ。しかも眼前に現れるのは、単に怪奇に映るとか幻想的に感じられる、といった光景に決して留まっていない。恐ろしさの中にも美しさがあり、美しさの中にも悲しみがある――そんな何処《どこ》か東洋的な幽玄という言葉が似合いそうな、今一つの世界を我々に垣間見せてくれる。

そのうえ更に凄いのは、彼が非常に特異な写真家であるばかりか、素晴らしい語り部でもあるという事実だ。撮影した場所に纏《まつ》わる禍々《まがまが》しい記憶、奇怪な伝承、物悲しい死、悍《おぞ》ましき幽霊話などを取材して、写真と共に伝えようとする。ビジュアルだけで十二分に訴え掛けるものがあるため、読者によってはテキストなど不要だと思う人がいるかもしれない。しかし被写体に纏わる話はどれも見事なほど、その地域に根差した独自性を有している。つまり、そこに登場するのは飽くまでもイングランドの古城に伝わる怪奇であり、スコットランドの館に潜む陰鬱であり、ウェールズの墓碑に漂う哀惜《あいせき》なのだ。イギリスでの作品だけを取り上げても、決してグレート・ブリテンという一国には括れない時代の闇が、各々の写真と文章には秘められている。彼は歴史の闇に沈んだ地域から地域へと遍歴を重ね、異界を撮り続ける旅人なのである。

そんなサイモン・マースデンの写真を一見しただけで、たちまち僕が虜《とりこ》になったのは言うまでもない。

当時――九〇年代の半ば頃から――僕はドイツで出版されている《ＧＥＯ》という月刊誌の、日本版の副編集長を務めていた。この雑誌は世界の民族、自然、動物、文化、科学、冒険といった幅広いテーマを取り上げるビジュアル誌で、《ＮＡＴＩＯＮＡＬ　ＧＥＯＧＲＡＰＨＹ》のドイツ版とも言える性格を持っていた。ただ、元版のジャーナリスティックな内容では日本の市場に合わないため、やや観光的な視点を取り入れた誌面作りを行なう必要があった。尤《もっと》も単なる旅行雑誌ではないため、一般的な観光ガイドめいた企画は問題外で、毎号の目玉となる特集を担当する者は頭を抱える羽目になる。

まだ関西に編集部があった頃、僕は九五年の十二月号で〈ロンドン・ミステリー・ツアー〉と題する特集を企画した。ミステリー好きなら常識の範囲内ながら、一般読者には大して馴染みのないテーマを切口に、ディープなロンドンを巡る内容である。幸いにも好評だったため、僕は趣味と実益を兼ねた第二弾を、九七年の一月号で考えようと思っていた。

《ＧＥＯ》の編集部に異動になる前の僕は、どちらかというと活字派だった。企画によっては絵画、写真、図版なども扱うが、主となるのは文章であり、絵はそれを補助するものに過ぎない。私生活で読むのも大抵が活字ばかりの書籍で、そもそもビジュアル雑誌など眼中にはなかった。それが《GEO》を担当して逆転した。何よりもビジュアルの質が優先される雑誌だったからだ。物凄い冒険を行なった人が、その体験を迫力のある文章に起こせたとしても、肝心の写真が使い物にならなければ没になる。そういう世界をはじめて体験した。

編集部に届く何百枚という写真に、常に目を通し続けた。また、書店の雑誌コーナー、写真集の棚、写真家の個展、フォト・ライブラリーといった場所にも顔を出すよう心掛けた。もちろん仕事だったからだが、恐らく新しい表現手段が——それまで僕が見向きもしなかっただけに過ぎないけど——限り無く新鮮だったのだろう。そういう生活を続けていると、写真の技術的な知識の有無に関係なく、やはりある程度は目が肥えてくる。そんなときに出会ったのが、マースデンの写真集『幽霊城』である。

もちろん当初は飽くまでも自分の趣味で、彼の写真集を購入した。それが、いつしか特集企画の候補として、本書の写真を眺めていた。《GEO》に掲載された夥《おびただ》しい枚数の写真と比べるまでもなく、それらの写真は余りにも異質だった。しかしビジュアルの強さという面に於いては、どれほど物凄い報道写真や現場写真にも負けない力が、ざらついたモノクロの世界には存在している。他の極めてジャーナリスティックな写真と同等に見ることは、はじめからナンセンスだったと思う。でも、その時期にサイモン・マースデンと巡り会えたこと、他の写真との《GEO》での共演が決して不可能ではないと判断できたこと、それが単純に嬉しかった。

　ただし編集部の企画会議では、全員が戸惑いを露《あらわ》にした。余りにも世界が違ったせいだろう。とはいえ個人の好き嫌いは別にして、誰もがビジュアル・インパクトの強さは認めざるを得なかった。更に〈ヨーロッパ・ゴースト・ツアー〉という特集の内容を説明するに及んで、あっさり企画は通った。断わるまでもないが、仮に僕が考えた企画内容を一割とすると、マースデンの写真の威力が少なくとも九割はあったからだ。

　僕は早速、『幽霊城』の版元に連絡を取った。いや、正直に書くとトレヴィルの編集担当者に電話をしたのが、企画を通した後だったのかどうか、確固たる記憶がない。月刊誌の編集というのは、とにかく目先の仕事に追われるため、企画会議の後だったとは思うのだが、この件に関しては先走っていたかもしれない。間違いないのは、季節が初冬だったということだ。

　トレヴィルは当時、井の頭線の神泉の駅から十数分ほど歩いた松濤《しょうとう》のマンションの一室にあった。対応に出たのはGという女性の編集者で、マースデンの連絡先を訊いたり、イギリスで出版された写真集を借りたりと、色々とお世話になった。

　ところが、そのGという人も『幽霊城』に続く第二弾の『悪霊館』をそのとき既に企画していたほど、怪異なもの全般について興味があるらしく、気が付くとお互い仕事はそっちのけで怪奇放談に耽《ふけ》っていた。

G曰く――『幽霊城』は扱う写真が特殊なだけに、とある印刷会社の静岡の工場まで何度も通う必要があった。そのたびに新幹線が事故を起こして止まる。もちろん新幹線が遅れたりするのは珍しくないが、彼女の場合ほとんど毎回だったらしい。また、デザイナーが色校の出張校正で、印刷会社の校正室に詰めていたところ、鈴の音を耳にした。最初は室外からかと思ったが、ふと気付くと自分のすぐ耳元から聞こえていたという。そんな妙なことが、この写真集の編集作業には付いて回ったのだと教えてくれた。

奇妙な話を淡々と語るGを見ているうちに、もしやと思って訊いてみると、やはり彼女自身が昔から奇っ怪な体験をよくしていたらしい。

学生時代に、友達と四人でレンタカーを借りてドライブをした。借りたい車がなかったため、代わりの車をレンタルしたのだが、その車は助手席のドアがどうしても開かない。少し不便だが、仕方なく助手席側からの乗り降りは諦めて出掛けることにした。幸いドライブ中は故障もなく、無事にレンタカー会社まで帰って来た。

ところが、車を返そうというときに、後部座席に乗っていた男の友達が、とんでもないことを言い出した。

「最初に言うと、皆が気にすると思って黙ってたんだけど、この車が走っている間、ずっと助手席側の窓の外に、髪の長い女が張り付いていたのに気付かなかった？　じっと車内の俺たちを見ながら……」

それを聞いた彼女と後の二人は当然、なぜもっと早く教えなかったのかと彼に抗議した。しかし彼は、下手なことを言うと事故でも起こしそうで、どうしても口にできなかったと言い訳した。

そんな変なものが憑《つ》いた車に乗っているだけで、充分に事故を起こす可能性があるだろう——とGは思ったらしいが、今になって言っても仕方がない。

それでも車を返すときに、「この車は、ひょっとして事故車じゃないんですか」と店の人に聞いてみた。すると驚いたことに、あっさりと店員はその事実を認め、レンタル料金を大幅にまけてくれたという。

これに勇を得て、「この車には、何か変なものが憑いていませんか」と思い切って尋ねると、「車じゃないんです。うちのガレージに憑いているようで、従業員も時々見るんです」と店員は答えた。つまり日によって、どの車に憑くのかは分からないのだと。

このドライブでカメラを持っていたのは、後部座席に乗っていた男だったそうだが、彼女も後の二人も、誰も現像された写真は見ていない。フィルムをプリントに出したのは、間違いないらしいのだが……。

いや、話が逸《そ》れ過ぎた。要はサイモン・マースデンという怪奇写真家の件で訪ねながら、いつしかGとは仕事には直接関係のない怪異な話を、お互いに語り合っていたのである。

時計を見ると、もう夕方だった。かれこれ三時間近くも話し込んでいたことになる。僕は改めて礼を述べると長居を詫び、やや慌て気味に先方を辞した。

　マンションを出ると、そのまま駅へと向かう。午後に訪れたときは地図と電信柱の住所表示を見るのに夢中で、周囲に広がる住宅街に人通りが全然ないことを気にも留めなかった。それが帰り道では妙に閑散とした、少し怖いくらいの気配が漂っているのを感じ取り、何とも言えない気分になった。きっと朝の出勤時と夕刻の帰宅時間以外は、いつもこうなのだろう。そう頭では理解しても、人間が生活している空間に、肝心の人が全く見当たらない光景というのは、やはり薄気味が悪い。

　そんな人気《ひとけ》の感じられない初冬の物寂しい、何処か非日常的な町並みを縫うようにして、ぶらぶらと駅へと向かっているときだった。

　後ろから誰かに呼ばれた。

　周囲の雰囲気が異様だっただけに、一瞬ぞくっとした。だが、忘れ物でもしてGが追い掛けて来たのだろうと考え、急いで振り返った。

　見知らぬ女が立っていた。

　再びぞっとしたが、目の前の女性の容姿がはっきりするに従い、たちまち僕の恐怖心は霧散した。

　ほっそりとした身体付き、両肩を超える黒髪、肌の色白さといった眺めが病的に映ると同時に、それが何処か上品さも醸《かも》し出している。全身に気品を漂わせながら、そこに儚《はかな》さも匂わせる何とも不思議な女性だった。

「何かご用でしょうか……。いえ、僕のことを呼び止められました？」

しばらく見蕩《みと》れてしまったことを誤魔化すように、やや早口で尋ねる。

「はい……。突然すみません。私、水木予里子《みずきよりこ》と申します。実は――」

か細い声で喋る彼女の話を聞いて驚いた。つい先程まで、この女性もトレヴィルにいたというのだ。

言われてみれば、Gと打ち合わせをした部屋の奥に衝立《ついた》てがあり、その向こうに人の気配があった。ぼそぼそと男性の声が聞こえていたので、編集者が電話を掛けながら何か作業でもしているのだろう、と思っていた。しかし実際は、そこに彼女もいたらしい。本人が囁《ささや》くような声音のうえ、僕はGと怪談を語るのに夢中になっていたため、彼女の存在に気付かなかったのだ。状況が分かると、急に恥ずかしくなった。

「そうでしたか。それは申し訳ないことをしました。さぞかし煩《うる》さかったでしょうね。奥でも打ち合わせをされているとは、全く知らなかったものですから」

ほとんど自分たちは仕事の話をしなかった、という後ろめたさもあり、反射的に頭を下げて謝る。だが、どうして彼女は僕を呼び止めたのだろう。まるで、こちらの後を追い掛けて来たようにも見えるのだが……。

突然の謝罪に彼女は困惑した風だったが、折り入って話があると切り出された。

「はぁ……。何でしょうか」

取り敢えず聞く態勢になったが、なぜか彼女はなかなか口にしない。

「立ち話も何ですから――」

相手の様子に好奇心を刺激された僕は、すっかり彼女の話を聞く気になっていた。

喫茶店を探して住宅街から駅まで歩いた挙げ句、ようやく線路を越えた先の路地の中程に、古惚けた一軒の店を見付けることができた。

「すみません。わざわざお時間をお取りいただいて……」

店内に客は一人もいなかった。それでも何となく奥の席を選んで座り、それぞれ珈琲の注文を済ませると、彼女が改めて挨拶をしながら名刺を差し出した。

そこにはフリー編集者の肩書、それに企画・編集の得意分野が記され、水木の名前がある。裏に目をやると、荻窪の住所と電話番号とパソコンのメールアドレス、そしてM・Yという全くの別名が表記されていた。

「このM・Yさんというのは？」

「あっ、そっちが本名なんです。雑誌に署名記事を書くこともあり、せっかくフリーになったのだからと、表のペンネームを考えました。でも、郵便物や原稿料の振り込みなど、先方に本名が分からないと困る場合もありますので」

彼女の話によると昨年まで、とある大手出版社の編集者だったという。見た目は二十歳そここに思える容姿だったが、その退職するまでの仕事振りから考えると、少なくとも三十は超えていると知り驚いた。思ったより年齢が高かったショックよりも、むしろ余りに幼く見えることに衝撃を覚えた。

一通り彼女の自己紹介が終わったところで、実は衝立ての向こうで聞くともなしに僕とGの話を耳にしたのだと、恥ずかしそうに打ち明けられた。そこで僕が何者であり、どんな用事で来ているのかが分かったらしい。

こちらとしては仕事をそっちのけで、憑かれた如く怪談に高じていたため、逆に恐縮した。しばらくはお互いが恥じ入り合うような、とても妙な空気が流れた。

「ところで、沐野《もくの》好《よしみ》という写真家をご存じでしょうか」

やがて僕と喋ることに慣れてきたのか、ようやく本題らしき話を口にした。

「ヨシミというお名前ですが、男性です」

「生憎《あいにく》ですが……。尤も雑誌編集者と言っても僕の場合、それほど写真家の方を存じているわけではないので――」

「いえ、メジャーな写真家ではないと思いますから、ご無理ないと思います。私も昨年、たまたま目にするまでは知りませんでした」

「どういうことです？」

「まだ会社勤めをしていたときです。仕事で吉祥寺に行きました。次の用事まで少し時間ができたので、ふと目に付いた画廊に入ったんです」

そこで開かれていたのが、沐野の写真展だった。彼女も趣味でカメラをやっているため、それで興味を覚えて観る気になったらしい。ただ肝心の写真は惹かれるというよりは、逆に思わず身を退《ひ》いてしまいそうになったという。

「どんな作品だったんですか」

「被写体は、病院や雑居ビルや学校の廃屋、人気のない神社や寺や教会、墓地、路地裏、奇岩、雑木林、崖、沼といったもので、それをモノクロの明暗を暈《ぼか》した調子で仕上げている、そんな感じなのですが――」

サイモン・マースデンと似ているなと思った。しかし彼女は続けて、

「それが皆、いわゆる心霊スポットと呼ばれる場所ばかりのようで……」

「えっ、そうなんですか」

「入口に冊子……というより、ほとんど本の体裁をした解説書があったので、写真を観ながら読みました。すると、体験談とも小説とも付かぬ文章が幾つも載っていて――」

「テキストの内容が、一枚ずつの写真と対応していたとか」

「ええ、仰《おつしや》る通りです。ほとんどが怪談めいた話でした。それを読んでから改めて該当の作品を観ると、何も映ってなくても心霊写真のように思えてきて……」

「なかなか面白そうですね。でも、余りあなたの好みではなかった？」

「はい……。ところが、写真家さん本人のような男性が出入口に座り、熱心に読書されながらも、ちらちらと私を窺《うかが》っていらっしゃるみたいで……。すぐに出るのは失礼かと思い、一通り見て回りました」

　そして帰ろうとしたとき、記帳を求められたのだという。そういう場合、大抵は名前と住所を記すだけなのだが、前の記帳者が肩書までも書いていたため、つい彼女も会社名を出してしまったらしい。

「すると男性が、その人が沐野さんだったわけですが、急に話し掛けてきて――」

　はっきりと彼女が口にする前に、僕には何となく事情が飲み込めた。恐らく沐野は、彼女に自分の写真を使う気はないかと尋ねたのだ。もしかすると写真集の刊行を持ち掛けさえしたかもしれない。

　沐野はアマチュアカメラマンで、写真展も自費で開いた。客もほとんどが知人で占められていた。そんなところへたまたま水木が――いや、当時は大手出版社の編集者であるM・Yが現れた。彼としては絶好の機会だとばかりに、猛烈な売り込みをはじめたのではないか。

　咄嗟に感じたことを述べると、彼女は困ったような表情を浮かべながらも頷いた。

「私では、とても無理ですって申し上げました。でも、何かアドバイスを欲しいと頼まれまして……。そのうー……彼の妹さんに私が似ているので、とても他人のような気がしないとも……」

まるで女性を諄《くど》くための、安っぽい文句のようではないか。僕は沐野の図々しさに呆れるよりも不快感を覚えた。

「最後には、そのとき彼が読んでいた新刊の怪談本まで引き合いに出してきて……。怪談が百話も載っている本だったのですが……」

気になったので詳しく訊くと、どうやら木原浩勝・中山市朗『新・耳・袋』のことらしい。もしかすると沐野は、両氏が書籍上で試みた実話怪談の百物語という形式の、写真版をやりたかったのかもしれない。

「それで仕方なく、こういう作品を撮るにしても、やはりテーマを絞られた方が良いように思いますと、尤もらしいことを口にして、お茶を濁したんですが……」

自分の予想が的中して、僕は少し得意になった。だが、すぐある可能性に思い当たり、「あっ」と声を上げ掛けた。

彼女の話の流れからして、沐野の申し出を断わったことは想像に難くない。しかし彼が諦めず、その後も執拗に付き纏い、自分の写真を売り込み続けたとしたら、どうだろう？ それが余りにも常軌を逸していたため、彼女は会社に居づらくなり辞めてしまった。にも拘《かかわ》らず沐野は離れない。

悩んでいたところ、仕事の打ち合わせに行った先で僕とGの話を漏れ聞いた。つまり彼女は、沐野を僕に押し付けて厄介払いする気なのではないか。

目の前で訥々《とつとつ》と喋る女性を眺めながら、そんな疑念がふつふつと胸の奥底から浮かび上がってきた。

「それで僕なら彼に興味を示すかもしれないと、そう思われたわけですか」

陰険なやり方だったが、わざと彼女の説明に割り込むように尋ねてみた。

「は、はい……。漏れ聞こえたお話から、この方なら沐野さんの写真に、正当なご理解を示されるのではないかと……」

そこで僕の態度が硬化していると気付いたのか、急に彼女は狼狽《うろた》えながら、

「す、すみません……。突然こんなお話を、わざわざ呼び止めてまで、初対面の方にしてしまって――。ご迷惑なだけだったら、本当に申し訳ありません」

深々と頭を下げる様子を目にした僕は、余りにも自分は先走り過ぎたのではと不安になった。少なくとも沐野に悪い感情を抱いている風には見えない。むしろ彼女は好意を持ったのではないか。ただし、会社での出版は無理だった。でも、何とかしてあげたい。

そんな風に考えたところで、まだ会ったこともない沐野好という男に、嫉妬を覚えている自分がいた。

「やっぱり……ご迷惑ですよね」

黙り込んでしまった僕を勘違いしたのか、恐る恐るといった感じで彼女がこちらを見詰めている。

「いえ、そういうわけでは……」

結局その場で僕は沐野の連絡先をメモすると、近いうちに訪ねるかもしれないとだけ返事をした。確約しなかったのは、自分でも説明できない抵抗感のようなものを覚えたからだ。しかし、写真家に会いに行くことは分かっていた。理由は二つ。その無気味な写真を単純に見てみたいと思ったのと、ここまで彼女を熱心にさせる男とは一体どんな奴なのか、どうしても確かめたくなったからである。

とても嬉しそうに微笑みながら礼を言う彼女を促し、僕は何とも奇妙な感情を抱いたまま神泉の駅へと向かった。もう少しで夕食に誘いそうになったが、そのまま自宅に帰るという彼女と、渋谷に出て会社に戻る僕とは逆方向になるため、仕方なく駅で別れた。それで良かったのだと思う。彼女の左手の薬指の指輪に、遅蒔きながら気付いたのだから……。

沐野には翌日の午前中に電話を入れた。長い間ずっと呼び出し音が鳴り続けた後で、ようやく先方が出た。口元からかなり受話器を離しているのか、ぼそぼそと弱々しい声は聞き取り難くて大変だったが、それでも週末に訪ねる約束をした。すぐに雑誌の方が忙しくなるため、会うなら今しかない。

一応は報告をと思って彼女に電話するが、留守録になっていた。少し迷った挙げ句、沐野の件だけを吹き込んでおいた。

約束の土曜日、休日だったが昼前に出社して夕方まで仕事をすると、僕は吉祥寺に向かった。ちょうど帰り道になるため、休日の夕刻とはいえ気楽なものである。電話で確認した住所が吉祥寺と三鷹の境目辺りの住宅街だったため、僕は見知らぬ町を散策するような気分で沐野家へと歩いていた。

ところが、そんな呑気さも目的地の町に着くまでだった。何処をどう捜しても沐野家が見付からない。近くの電信柱に明記された住所表示から、自分が別の場所に迷い込んでいないことは分かる。つまり写真家の住まいの側《そば》まで、かなり近付いているのだ。なのに、なぜか一向に沐野家が見当たらない。最後の手段とばかりに、該当する地区の家を片っ端から当っていく。と、そのうち隣の番地へと出てしまった。誰かに訊こうにも人通りがなく、ようやく若い女性を見付けて尋ねたら、そんな家は知らないと突《つ》っ慳貪《けんどん》に言われた。

途方に暮れていると、近くで咳払いが聞こえた。見ると、すぐ側の家の庭に老人が佇《たたず》んでいる。最初は自分が不審者に思われたのかと考えたが、それにしては老人の態度が何処か妙である。

「あのう……すみません。この辺りに、沐野さんというお宅はないでしょうか」

何か感じるものがあった僕は、そう訊きながら住所を書き留めたメモを差し出した。

「ああ、あるよ。その道のT字路を右に曲がって、次に最初の角を左に折れると、四軒目がそうだ」

わざわざ門まで出て来た老人は、メモには見向きもせず、右手を上げて拍子抜けするくらい簡単に道順を教えてくれた。

「ありがとうございます。助かりました」

礼を言って立ち去ろうとしたが、どんな用事があるのかと老人に訊かれた。普通なら余計なお世話と感じるところだが、奇異に思った僕は自分が雑誌の編集者であり、ある人の紹介で氷野氏の写真を見に行くのだと応えた。

すると老人は、しばらく僕を凝《じ》っと見詰めた後で、

「あそこは代々が資産家でな。ご主人とは昔から、儂《わし》も親交があった」

突然、氷野家の話をはじめた。ご主人というのは、どうやら氷野好の父親のことらしい。

「ところが、もう十年ほど前になるか……息子が気味の悪い写真を撮るようになってから、不幸が重なり出した」

「えっ……。それは、どういう意味です？」

こちらの問い掛けが聞こえなかった、とは思えない。だが、老人はそのまま続けて、

「一人ずつ亡くなりはじめてな。あの家で暮らしていた、犬や猫まで含めて。幸い家を出て、結婚していた妹の方は無事だったが、それも――」

「ちょ、ちょっと待って下さい。お話が、よく見えないと言いますか――」

「それも五年前の不可解な火事のとき、たまたま実家に戻っていたばかりに巻き込まれ、それから急におかしくなって、以来ずっと……」

「つまり現在、氷野家にはお兄さんの好さんと、その妹さんが暮らしておられるわけですか。二人きりで？」

そこで老人が、はっと身じろぎした。なぜか顔には怯えの表情がある。まるで余計な話を喋ったため、その報いが氷野家から我が身に降り掛かることを恐れるかのように。

「あのう……」

もちろん僕は、もっと詳しく話を聞きたかった。だが、いきなり老人は背中を向けると、

「如何《いか》に仕事とはいえ、儂なら絶対にあの家には入らん」

そう言い捨て、さっさと家の裏の方へ姿を消した。

どういうことだろう？

水木と老人の話を合わせると、まるで好が心霊スポットの写真撮影に熱中したうえ怪談話にまで関わったため、氷野家が途轍《とてつ》も無い禍《わざわ》いに見舞われた……ように映る。そういった例がないわけではないが、ほとんど一家全滅とも言える状況は、やはり尋常ではない。しかも、そんな事件があったにも拘らず彼は、昨年その元凶と思われる写真の個展を開いているのだ。一体どういう神経をしているのか。

氷野好に会うのが怖い。

そう思った。しかし、ここまで来て帰るのも癪《しゃく》である。いずれ書籍編集部に戻ったとき、怪談関係の企画も手掛けてみたい。彼との面談は、将来きっと何かに役立つはずだ。

老人に教えられた通りに道を辿《たど》る。二つ目の角を曲がったところで、端から四軒目を数える必要もなく、すぐ沐野家が分かった。そこから見えた二階の一部が、生々しくも黒く煤《すす》けていたからだ。

ゆっくり近付いて行くと、煉瓦塀《れんがべい》の要所要所に設けられた装飾的に切り取られた覗き穴から、火の元と思われる一階の部屋が、ちらちらと視界に入ってくる。

その部屋は家屋の左手にあって、後から増築したのか庭に飛び出すように造られており、明らかに家全体のバランスを崩していた。窓に硝子《ガラス》はなく、桟《さん》は壊れて垂れ下がり、壁には二階まで這い上がった炎の痕跡がはっきりと残っている。五年も前の出来事とは思えないほど、凄まじいばかりの惨禍《さんか》の印が黒々と刻まれていた。

幾つ目の覗き穴から家を見たときだったか。焼けた部屋の窓辺に立つ人影を認め、ぞくっと背筋が震えた。慌てて立ち止まり覗き直すと、誰もいない。ぽっかりと真っ黒な口を開けた、もう窓とは呼べない大きな穴があるだけで……。

門の前まで来たところで、念のために表札を確認する。「沐野」とある。逢魔《おうま》が刻の錆《さ》び付いたような夕焼けを背景に佇む沐野家を眺めていると、幽霊屋敷という言葉が自然に浮かんでくる。閑静な住宅街の直中《ただなか》に、これほど禍々しい気配を漂わせた家が存在するとは。恐らく近隣の子供たちにとって、ここが忌まれた家であることは間違いないだろう。

インターホンを押すと、かなり待たされてから「はい……」と弱々しい返事があった。来意を告げると、「どうぞ……」とだけ促《うなが》される。

耳障りに軋《きし》む門を開け、敷地内へと入る。すぐ目に飛び込んできたのは、荒れ放題の凄まじい庭だった。今の季節でこの有り様なら、さながら夏には雑草の森と化すに違いない。藪蚊の凄さを考えただけで身体中が痒《かゆ》くなる。

玄関の戸を開けた瞬間、薄暗い廊下の奥からわあっと何かが迫って来るように思え、そのまま固まった。もちろん気の所為《せい》だが、この期《ご》に及んで足を踏み入れたくないと強く感じる。今からでも遅くない。引き返した方が良いと本能が囁く。老人の言葉が蘇る。

儂なら絶対にあの家には入らん。

そのときだった。廊下の奥に何か白っぽいものが現れ、こちらが目を凝らす前に、すーっと近付いて来た。

咄嗟《とっさ》に逃げ出そうと踵《きびす》を返したところへ、

「どうぞ……。お上がり下さい」

とても弱々しく控え目な声が聞こえた。

恥じ入りつつ振り返った僕は、こんにちは——という挨拶を呑み込んだ。やっぱり逃げ出すべきだったと後悔したが、もう遅い。

目の前には、胸の辺りまで伸びた長い髪の毛で、顔面のほとんどを覆った女が立っていた。いや、本当に女性かどうかは一瞥《いちべつ》しただけでは分からない。髪の長さと、ワンピースのような白いだぶだぶの服を着ていたことから、そう判断したに過ぎない。だが、あの老人の話から、これが誰か見当は付く。

「こ、こんにちは……。沐野好さんの、妹さんでしょうか。お電話に出て頂いたのも、あなたですよね？」

覚悟を決めた僕は、そう尋ねた。

こっくりと頷いただけで彼女は名乗らなかったが、先に立って奥へと誘う仕草を見せた。ままよと思い「お邪魔します」と靴を脱いで上がり込んだ途端、もわっと足元で埃《ほこり》が舞った。見ると廊下の奥から玄関まで、ぺた、ぺた、ぺた……と足跡が付いている。スリッパは見当たらない。そもそも彼女は裸足である。客とはいえ、このまま進むしかないようだ。

家の中は、とても薄暗かった。もう明かりを点《とも》してもよい頃なのに、何処にも人工の光が見えない。その所為もあったと思うが、玄関や廊下の壁に貼られたポスターのようなものを、最初は完全に見過ごしていた。それが廊下を曲がり、窓から射し込む鈍い残照に浮かび上がったものを目にし、ようやく「あっ」と心の中で叫んだ。

好の怪奇写真が家中に貼られていた。

まだ玄関や廊下はましだった。迷路のように何度も曲がる廊下を辿り、かなり奥まった応接間に通され驚いた。三方の壁から庭に面した窓、それに天井まで、びっしりとモノクロ写真で埋め尽くされていたからだ。それればかりか床にもテーブルにもソファの上にさえ、薄気味の悪い写真が散乱している状態だった。

好の妹は、まるで枯れ葉の中を進むように、無造作に写真を踏み付けている。そうしないと歩けないのだが、さすがに躊躇《ためら》いを覚えた僕は、なるべく足で掻き分けながらソファまで辿り着いた。

「お兄さんは、お仕事中ですか」

ソファの上の写真を片付け、座る場所を空けながら訊くと、

「私……、兄の秘書なんです」

全く気にせず写真の上に腰を下ろした彼女が、僕の動作を不思議そうに眺めつつ答えた。道理で、電話での約束も全て彼女が仕切ったわけだ。しかし妹は結婚して、この家を出たのではなかったか。それとも老人が言ったように、五年前の火事のとき、たまたま実家に戻っていた彼女は以来そのまま、ここに兄と住んでいるのか。

改めて彼女の異様な髪型に注目した僕は、ある可能性に気付いてはっとなった。もしかすると火事の所為で、彼女は顔に酷い火傷を負ったのかもしれない。それが原因で離婚したため実家に戻っており、ああやって顔を隠しているのだとすれば納得がいく。

薄気味悪く思ったことを反省しつつ、秘書ならば今後のこともあると考え、

「それでは、お写真のことで具体的な話になった場合、またお世話になりますね。失礼ですが、できればお名前を――」

「兄は人見知りが激しく……、人と喋るのも苦手で……、今も仕事部屋に籠《こも》っております」

なぜか嚙み合わない会話に、僕は苛立ちよりも薄ら寒さを覚えた。そう言えば老人は、妙なことを口にしていた。火事から妹が急におかしくなった……と。

だぶだぶのワンピースは、よく見ると全体的にもこもこしており、その下に重ね着をしているらしい。もちろん今の季節、薄手のワンピースだけでは寒過ぎる。だが普通、あんな風に服は着ないだろう。況《ま》して女性である。年齢は十代のようにも見えるし、六十代のようにも思える。どう見ても異様……いや、やはり異常である。薄気味悪く映るのも当然だろう。それに水木に似ているなど、余りにも厚かまし過ぎる。

「あっ……」

突然、彼女が小さく叫んだ。思わず腰を浮かし掛けたまま、

「ど、どうしました?」

恐る恐る尋ねる。

「お茶をお出ししてません……」

意外にもまともな答えが返ってきた。ほっとして再び座ったのも束の間、

「い、いえ、お構いなく! どうぞお気になさらずに……。本当に結構ですので――」

慌てて丁重に断わった。どんな御馳走であれ、この家で出されたものを飲み食いできるほど、僕の神経は太くない。

「それで、好さんの作品についてなんですが──。こうやって既に拝見していますが、整理されたものはあるでしょうか。できればテキストと一緒になった形で──」

取り敢えず仕事の話を進めることにした。ここには、そのために来たのだからと割り切る。ただ、幾ら何でも周囲の写真を見ながら、というのは無理である。

話が通じるかと危ぶんだが、彼女はテーブルの下から一冊のファイルを取り出すと、こちらに差し出してきた。開くと左側に八つ切りの写真、右側にA４用紙に印字された文章という体裁で、「沐野好作品集」と題されている。

このとき僕はファイルを捲《めく》りながら、とても奇妙な感覚に囚われたのだが……。それが何かを突き止める前に、彼の文章に惹き付けられてしまった。

写真に付けられたテキストは様々だった。実話とも、伝承とも、創作とも、随筆とも、詩とも受け取れる内容があり、決して一様ではない。共通しているのは、全てに怪談の要素があることだろうか。

例えば廃屋らしき民家の、床の間のある和室を撮った「客間」と題された写真には──


その日、S家では珍しく父親に来客があった。定年退職をした後、大病を患って入退院を繰り返していた父親は、すっかり友人との付き合いからも遠離《とおざか》っていた。それが客間で、とても楽しそうに談笑している。昔から知っている親しい友達なのだろう、と家族は思っていた。

ところが、客が帰った後で父親に尋ねると、誰が来ていたのか思い出せないという。玄関で取り次いだのは本人だった。そのうえ母親が運んだ茶を、なぜか父親は障子越しに受け取っている。そのため家族の誰一人、客の姿は見ていない。

しかし、客間のテーブルには湯呑みが二つ、飲み干された状態で残っている……。もちろん父親は翌日、死んだ。


――という文章が付けられている。最後の「もちろん」という副詞が、文章の流れから見ると唐突なのに、全くそう感じられないのが怖い。

「お兄さんはテキストを、どのように書いてらっしゃるのですか。つまり、これは被写体に纏わる実話というか、伝えられている話ですか。それとも撮られた写真から得たインスピレーションを、こういった文章に表現されているのでしょうか」

「兄は、とても感受性が鋭いのです」

「ということは、テキストは創作された――」

「取材をしております。ただし、常に写真を撮るのが先です。その後で、被写体に纏わる怪異を探します」

「にも拘らず、必ず怪談めいた話が見付かる？」

こっくりと彼女が頷いたので、なぜテキストの形態が様々なのかを尋ねた。

「具体的な体験談から曖昧な噂まで、蒐集する話が千差万別だからです。兄は、一番相応《ふさわ》しいと感じる表現を用いているだけなのです」

「お兄さんが写真をはじめられたのは、いつ頃からですか。そのときから怪異な場所には、ご興味があったわけですか。こういった写真を撮って、そこに文章を付けられたのは、最初からなんでしょうか」

「兄には分かるようです。人にとって忌むべき場が……」

どうやら彼女は、好の作品に関すること以外は応える気がないらしい。それが意図的なのか自然な反応なのか、どちらとも判断は難しかったが、そんな風に見える。

「写真家になられる前は、何か仕事をなさってたのですか。いえ、文章もお書きなので、もしかすると――」

「写真に封じ込めるのだと、兄は申しております」

念のために、続けて作品に関係のない質問をしたのだが、彼女の返答は予想通りだった。が、その内容は聞き捨てならなかった。

「これらの写真には、何かが封じ込められていると？　どういう意味です？」

殊更にファイルを突き出し、彼の作品の話をしていることを強調する。

「私には、よく分かりません」

「被写体に籠る念のようなものでしょうか」

　誰でも思い付く発想だったが、取り敢えず訊いてみた。

「さぁ……。兄によると、上手く撮影できた現場では、それ以降は、もう何も感じなくなるそうです」

　とても危ない写真に自分は囲まれている……と思った途端、全身が粟立っていた。

　怪奇写真を撮り続けることにより好は、本来は遠ざけて忌むべき何かを、結果的に我が家へ持ち帰る羽目になったのではないか。その何かが溜まりに溜まって、沐野家に次々と不幸を齎《もたら》したとは考えられないか。

　今すぐ逃げ出したくなった。

　それでも、やはり編集者である。「沐野好作品集」は企画として使えると判断していた。もちろん《GEO》のテイストではない。書籍化するにも、テキストの形態は統一する必要がある。しかし、これほど濃い怪奇写真と怪談の組み合わせを、それまで僕は見たことがなかった。

　怪奇写真作家――という沐野好の新しい肩書が、ぱっと脳裏に浮かぶ。これは本当にいけるかもしれない。

　具体的な話に入ろうとして、ふと目の前の妹相手に話を進めて良いのかと躊躇った。本人は好の秘書だと言っている。だが、それが果たして信用できるのかどうか……。

人見知りが激しく仕事部屋に籠るような男が、どうやって写真に纏わる取材を行なうというのか。そんな男が、わざわざ個展を開くだろうか。おまけに初対面の編集者に、自分の作品を売り込んでいるのだ。

彼女は、他人に兄を会わせたくない？

なぜかは分からない。作品以外の話題に一切応えないことと関係ありそうだが、何とも言えない。きっと彼女なりの深い事情があるのだろう。

とはいえ今、僕がするべきなのは、沐野好本人と会って話をすることだ。塀越しに見た出火した部屋の人影は、恐らく彼だと思う。あそこかその近くの部屋で、彼は仕事をしているに違いない。問題は、この妹だが――。

「すみません。やっぱり喉が渇いてしまって……」

湯を沸かすのが面倒でなければ、熱い茶をお願いしたいと頼んだ。さり気なくポットの湯は使わないことを確かめたのは、その方が茶を淹《い》れるのに時間が掛かるからだ。

彼女が応接間を出ると、忍び足で扉口まで行き、遠離る足音に耳を澄ます。幸いにも来た方向へ戻っているらしい。急いで真っ暗な廊下を奥へと進む。

外は随分と薄暗くなっているようで、ほとんど手探りの状態だったが、途中から明らかに廊下の感じが変わり出した。恐らく建て増ししたためだろう。二度ほど角を曲がると行き止まりで、左右に二つの扉があった。方角から考えると左は出火した部屋で、見た目から判断するとは暗室のようである。

扉の上のランプが点っていないため、現像中ではないと思ったが、まず右の扉をノックする。やはり何の応答もない。次いで左の扉を軽く叩く。返事がない。しかし、この部屋で人影を見ていたので、確信を持って扉を開ける。

「失礼します――」

入室して室内の有り様を目にした途端、ぞくっとする寒気が背筋を伝い下りた。

火事の跡というのは、なぜこれほど禍々しく映るのだろう。それも全焼ではない半焼くらいの中途半端な状態が、最も無気味である。彼の仕事部屋が正にそうだった。おまけに彼は焼けて煤けた状態の部屋に、新しい作業机や椅子、写真のポジを見るブライトボックスの大きな台、ファイルキャビネットといった備品を運び込んでいた。そのアンバランスさが、何とも言えぬ歪《いびつ》な気配を室内に漂わせている。

沐野好は窓の側の机に、こちらに背を向けて座っていた。そこだけに辛うじて、逢魔が刻の微《かす》かな日の光が射し込んでいる。

「妹さんからお聞きとは思いますが――」

自己紹介をしながら窓際へ進む。だが、彼は振り返りもしない。

「ファイルの写真とテキストを、妹さんから見せて頂いたのですが、とても興味深かったです」

相変わらず何の反応もないが、めげることなく話し掛けながら近寄って行く。

「それで、ぜひご本人にお会いして、色々お話を伺いたいと思いました」

嘘ではない。ただ、あの妹の相手をする以上に、この兄も難儀なのかもしれない……とは早くも感じた。

「できれば今、少しだけお時間を頂けないでしょうか」

人見知りをするかどうかはともかく、かなり偏屈らしいのは間違いなさそうだ。

「沐野さん？　好さん……？」

すぐ斜め後ろまで来ても、振り返るどころか返事もしない。一体どうすれば良いのか。

「あのう……」

机の横に回り込んだ僕は、そのまま絶句した。

鈍い橙色の残照に照らされながら、静かに大人しく椅子に座っていたのは、等身大に引き延ばされたピンぼけの人形《ひとがた》に切り取られた写真だった。

何だ、これは？

咄嗟に様々な想念が脳裏を駆け巡ったが、なぜ火事を出した部屋に本人ではなく、ぺらぺらの写真が恰《あたか》も彼の如く据えてあるのか、全く見当が付かない。

彼は何処に行ったのか。やはり暗室か。いや、あそこに人の気配はなかった。出掛けている？　では、塀越しに見た人影は誰だったのか。それに今日は、僕の訪問があると分かっていたはずだ。そもそも妹が、兄は仕事部屋にいると言っていたではないか。考えれば考えるほど、次第に厭な気分になる。

「兄は人見知りが激しく……」

振り返ると、戸口に彼女が立っていた。

「人と喋るのも苦手で……」

そう言いながら、ゆっくり近付いて来る。

「でも、昔はこうじゃなくて……」

こちらを凝っと見詰めつつ、真っ直ぐ近寄って来る。

「写真展を開いたり、出版社の編集者に自分から売り込んだりと、むしろ積極的だったんです」

やがて、僕の側に佇む。

「それが、この部屋で火事に遭って以来、すっかり人が変わってしまって……」

彼女は右手を椅子の背に、左手を肘掛けに置くと、

「ねぇ、兄さん……」

ぺらぺらの写真に話し掛けた。とても自然に……。

幸い家を出て結婚していた妹の方は無事だったが……と、あの老人は言っていた。つまり兄の方は、火事で死んだのではないか。彼が積極的だったのは、もちろん火事で死ぬ前であ

り、写真展を開いたのもそうだ。少なくとも五年は前に……。

　では昨年、吉祥寺で個展を開いたのは誰なのか。妹かと思ったが、さすがに兄に化けるのは無理だろう。それに水木は彼と話をしている。『新・耳・袋』まで引き合いに出して……。

　待てよ。新刊の怪談本、と彼女は言っていた。だが、あの本が出たのは、僕がまだ関西にいた九〇年だったはずだ。今からほぼ六年前の……。

　頭の中が、ぐちゃぐちゃになった気分だった。そんな混沌とした状態の中で、「沐野好作品集」を手にした際に囚われた奇妙な感覚の正体が、ようやく分かった。

　ファイルのタイトルを目にした僕は、無意識に読み取ったのだ。「沐」を「さんずい」と「木」に分ければ「水木」となり、「野」を「里」と「予」に、「好」を「女」と「子」に分けて「女」を取れば「予里子」となる。即ち「沐野好」マイナス「女」イコール「水木予里子」なのだと——。

　そのとき、椅子の肘掛けに置かれた彼女の左手の、薬指に嵌《は》められた指輪が目に入った。

　水木予里子と同じ指輪だった。

　名刺の裏に記されていた「Y」というのが、沐野好の妹の名前であり、「M」という名字が、彼女の結婚後の姓だったのではないか。

　兄が火事で死んだ後、Yは沐野好になった。次いで水木予里子にもなった。更にY自身として兄の秘書にもなった。なぜかは分からない。それほど兄のことが好きだったからか。それとも、彼女も写真に憑かれたためか。

「綺麗な指輪でしょう」

はっと顔を上げた途端、彼女と目が合う。簾《すだれ》のように垂れた髪の毛の間から、水木予里子の瞳が覗いている。

「ま、また日を改めて……、お、お兄さんとお話を――」

「今は、どうです？」

「い、いえ、まず秘書のあなたと、う、打ち合わせをしたいと思いますので――」

「それじゃ、ここで」

「あっ……きょ、今日は、もう遅いですし――」

「帰しませんよ」

脱兎の如く走り出した僕は、通り過ぎる際に作業机とブライトボックス台を引き倒すと、真っ暗な廊下へと駆け出した。

幾度も曲がり角で身体をぶつけながら通路を辿り、元の応接間に飛び込む。急いでソファに置いた鞄を摑み上げる。再び廊下へ出ようとしたところへ、ダッ、ダッ、ダッ……と物凄い勢いで奥から迫って来る足音が聞こえ、全身が総毛立った。

鞄を抱えて走り出す。しかし、少し進めば曲がり角があるため、そんなに速くは走れない。おまけに廊下の先々で、壁に貼られていた写真が一枚、また一枚と剝がれ落ちてくる。それを踏んで足が滑り、何度も転びそうになる。そのつど壁に手を付くため、余計に速く走れない。

ドンッ――と遂に転んでしまう。慌てて立ち上がろうとするが、両側の壁から降り続く写真のため、何度も足を取られる。まるで滝のように、次々と写真が舞い落ちてくる。

ダッ、ダッ、ダッ……と、すぐ後ろの角の向こうまで、足音が迫っていた。必死に起き上がり、再び駆け出す。次の角を曲がる瞬間ちらっと振り向くと、髪の毛を振り乱し、僕にとっては水木予里子として知っている顔を露にしながら、猛然と追い掛けて来るYの姿が目に入った。もちろん、もう素敵だとは思わない。

最後の直線に入る。朧《おぼろ》げながら玄関は正面に見えている。大した距離があるはずもないのに、遥か遠くに感じられる。そのうえ廊下は、正に写真の海と化している。これほどの紙焼きが何処から、一体どうやって出てきたのか……。

とにかく今は、この家から逃げ出すしかない。何も考えずに突っ走り出すと、真後ろから追い上げて来るYの気配が、一気に迫って来た。

このままでは追い付かれる！

いや、その前に写真に足を捕られて転んでしまう。

絶望的な気分に囚われた瞬間、前方の写真の海の中に、少しだけ露出した廊下の床を目に留めた僕は、そこで思い切って跳躍していた。

ダンッ――と着地したのは、幸いにも狙い通り玄関の土間だった。すかさず靴を摑むと、扉を開けて表へ飛び出し、そのまま門を出るまで走り続けた。

外の道に立ってようやく振り返ると、ゆっくりと閉まる扉の内側で、ぬっと立ち尽くすYの姿が目に入った。

両足の裏を手で払って靴を履いた僕は、煉瓦塀の覗き穴から沐野家をちらちらと垣間見つつ、とにかく来た道を急いで戻りはじめた。

そんな僕を見送るかのように、あの部屋の窓辺に佇む人影を最後に認めながら……。

怪談奇談・四題

本書は僕の初ホラー短篇集である。そのため何かおまけを付けたいと思った。関西で編集者をしていた頃、実話怪談の蒐集を趣味にしていた時期があった。いつしか自然に止めてしまったが、今でも「その手の話」は決して嫌いではないので、機会があれば喜んで耳を傾けるようにしている。本書のおまけとして収録した四つの話は、そうやって徒然に聞き及んだものである。

(一) 旧家の祟り

これは作家のSさんから聞いた話。

九州にO家という数百年も続いている旧家がある。今は誰も住んでいないが、現在の当主はAさんといって、とある業界では非常に有名な方らしいので、ここでは念のため一切の名称は伏せる。

子孫が住まなくなった古い家は取り壊すか、売るか、市にでも寄付して保存して貰うか、といった末路を辿《たど》る場合が多いと思われる。しかし、このO家では近隣に住む老婆に管理を任せ、そのお婆さんが地元の郷土料理などを観光客に振る舞うことにより、歴史的な旧家を存続させるという興味深い試みを行なっていた。

その取材にSさんがO家を訪れたときのこと。

近所の人々や観光客まで巻き込んだインタビューや写真撮影も無事に終わり、Sさんは老婆に暇乞《いとまご》いをして帰ろうとしたところで、なぜか屋内に一人だけ老人が残っているのに気付いた。取材中は特に目に付いた覚えもなく、全く言葉を交わさなかったように思うのだが、どうも近所の人らしい。

そこでSさんは咄嗟《とっさ》に老人に近付くと、ごく軽い気持ちで、「これほどの旧家ですから、怪談めいたお話の一つくらい、ここにも何か伝わっているんじゃありませんか」と尋ねてみた。恐らく仕事が済んだ開放感から、また元々「その手の話」が嫌いではなかったので、昔の話を知っていそうな年寄りを目にして、そんな問い掛けが口を吐《つ》いて出たのだろう。

すると、それまで大人しかった老人が、俄《にわか》に身を乗り出してきたかと思うと、以下のような話を喋り出したという。

今から二百年ほど前……。O家の主人が仕事でしばらく家を空けていたとき、それを見計らったかのように、奥さんが主人の右腕的存在だった番頭と駆け落ちをした。何も知らずに仕事を終えて帰って来た主人は、もちろん激怒した。すぐに人を集めると、「何としても二人を見付け出せ」と方々を捜させた。そのうち二人は今の中部地方の、とある場所で暮らしていることが分かった。

しかし、その報告を受けた主人は怒らずに、むしろ「咎《とが》めはしないから、とにかく帰って来なさい」と、二人を許すような言付けを届けさせた。それでも主人の奥様を寝取った番頭は、さすがに今更どの面を下げても帰れなかったらしく、結局は彼女だけが独りで家に戻ることになった。

駆け落ちから何十日振りかで、奥さんは籠に乗ってO家に帰って来た。籠が家の正面に着いて、その中から彼女が降りようとした――そのとき、それまで身を隠していた主人が、透《す》かさず日本刀で斬り掛かった。彼女が籠から頭を出した瞬間、正にその首を刎《は》ねようとしたのだ。

ところが、主人の振り降ろした刀は奥さんの髪飾りに当たってしまい、一刀両断に首を落とすことができなかった。そのため、刀が中途半端に首へと食い込む格好となり、彼女は絶命するまでの間、その場をのたうち回ることになったという。

奥さんは七転八倒《しちてんばっとう》しながら、「きっと孫子の代まで、七代末まで祟《たた》ってやる……」と叫び続けたらしい。

そこまで話したところで、饒舌だった老人が、なぜか急に黙り込んでしまった。

Sさんは不審に思いながらも、「その後、本当に祟りはあったのですか」と訊いてみた。

だが老人は、「代々で必ず誰かが×××の一部……」と言い掛けて言葉を呑み込み、後は「代々で不幸があった」と続けただけで、到頭その具体的な話はしてくれなかったという。

「×××」の箇所も何と言ったのか、Sさんには聞き取れなかった。

Sさんが思うに、「昔の話はともかく、その後の祟り話は、やはり色々と差し障りがあるんでしょうね」ということだった。

ただ、現在の当主のAさんが若い頃、とある業界で大きな評価を受け絶頂を極めていた時期に、大きな事故に遭っているのは事実らしい。しかも、その事故によってAさんは、それが何処《どこ》かは敢《あ》えて伏せるが、身体のある部分をなくしているという。

もちろん、それが祟りだなどとは誰にも断言できないが、Aさんが「孫子の七代」に入っていることは間違いない——と、Sさんは話してくれた。

見下ろす家

　本稿のテーマが「オバケヤシキ」であること、それも遊戯施設のあれではなく、いわゆる幽霊屋敷と呼ばれる代物だと知らされたとき、ふと僕の脳裏に蘇った家が三軒あった。どれもが生まれ育った関西に実在した物件で、しかもなぜか僕が小学三、四年生の頃に集中して関わった家ばかりだった。もちろん単なる偶然に過ぎないのだが、今から振り返れば、そんな特定の家に憑《つ》かれてしまった時期だったということになる。

　一軒目は、私鉄Ｋ線のＧ駅から東南の方向へ二十数分ほど歩いた新興住宅地にあった建て売り住宅で、恐らく僕たちの間でも一番有名な幽霊屋敷だったと思う。このＧというのは当時、大阪や京都に通勤する人々のベッドタウンとして開発が進められていた地域で、そんな中に小学生の間で噂される忌《い》まれた家が存在する事実に、まず驚いた記憶がある。

　その家で過去に何か事件があったという話は、確か一切なかったはずだ。とにかく住む人、住む人が次々と引っ越して行き、いつの頃からか誰も住まなくなってしまった家だという。伝聞で記すのは、僕自身はその家に行ったことがないからだ。

　ただ中学生になってＫ線に乗っていたとき、小学校は別だった友達が、

「ほら、あそこやろ。例の幽霊屋敷があるいう場所は——」

そう言いながら車窓を過ぎ行くGの住宅地を指差したので、僕らの学校だけの話ではなかったのだと思った覚えがある。

その家に纏《まつ》わる話はこうだった。あるとき小学生の四人組が学校帰りに、問題の家を探険することにした。彼らも気味の悪い噂——荒れ放題の庭に青い火柱が立つ、門と玄関の間を影が這いずり回る、窓に掛かったレースのカーテン越しに蠢《うごめ》く顔が見える等々——は充分に知っていた。でも、まだ陽がある安心感と四人もいる心強さから、半ば衝動的に侵入したらしい。それでも最初は皆が怖がって団子状態となり、なかなか玄関から先には進めなかった。しかし、家の中を見て歩くうちに大胆になり、各々が勝手に部屋から部屋へと覗きはじめた。

ところが、そのうちの一人が居間に足を踏み入れてすぐ、「ひぃ」という悲鳴ともつかぬ声を発した。どうしたのかと残りの三人が後から入ってみると——居間に残された埃だらけのテーブルの上に、湯気を立てている珈琲カップが四つ置かれていたという。それを目にした途端、四人は金縛りにあったように身動きできなくなった。と突然、リーンリーンと電話が鳴り出して……。

結局そのベルを切っ掛けに、四人は一斉に家から逃げ出した、という話だった。拙作の中で一度、登場人物に語らせたことのある思い出の怪談である。

二軒目は、自宅と小学校の中間辺りの用水路沿いに建っていた民家の廃屋で、これは実際に友達と三人で中に入ったことがある。尤《もっと》もこの家を幽霊屋敷と呼んでいたのは僕らくらいで、怪しい噂など一つも流れていなかったから、あれは単なる廃墟探険だったわけだ。それなりの悲壮な決意を胸に、僕らがあの廃屋に足を踏み入れたのは間違いないが、あそこが幽霊屋敷だったと断じるには無理があり過ぎる。でも、この話も実は拙作の中で、登場人物の体験として使っている。友達が床を踏み抜いたエピソードなど、そのまま採用したくらいだから、僕の思い出の中では立派に幽霊屋敷として記憶されているのだと思う。

三軒目は——と考えて、少し自分でも驚いた。なぜなら前の二軒に比べると幽霊屋敷らしい噂があったわけでも、そう見える外観をしていた事実も一切なかったからだ。ただ、にも拘《かかわ》らず物凄く変な、妙な、奇態な体験をしたという覚えが、こうやって一軒目と二軒目の家が続けて脳裏に蘇るに従い、後から次第にゆらゆらと浮かび上がってくる。ふと気付けば、何とも異様な胸騒ぎめいた不安感に包まれている。

今回のように改まって、幽霊屋敷というテーマを自分に与えていなければ、死ぬまで全く記憶の底から浮かび上がってこなかったかもしれない家……。だからこそ拙作の中でも、一度として触れなかったのではないか。今この原稿を記すまで、そもそも思い出さなかったのだから当たり前だが……。

あの家が見下ろしている——。

唐突に、そんな感覚が蘇った。と同時に崖の上から僕を見下ろしているあの家の姿が、薄ぼんやりとした有り様から次第にはっきりとした像を結び出した。ぼやけていた焦点が、ちょうど合いはじめたかのように……。

当時、通学路の途中にN町交差点と呼ばれる四ツ辻があった。私鉄K線の駅がある南方向から緩やかに下って来た道が、そこから急勾配で北へと伸び上がっている大袈裟に言えば谷底のような地点で、東西には平坦な道が走っており、そこから西に向かうと通っていたS小学校に行くことができた。ちなみに交差点から北東の方角に進むと、僕の家があった。

このN町交差点の南東の角に、一軒の駄菓子屋が店を開いていた。お婆さんが独りでやっている小さな店舗で、北側と西側の出入口を直角に繋いだ通路の両側に、それこそ夥《おびただ》しい数の商品が犇《ひし》めいていた。当時は何処の町にでも一、二軒はあった、特に珍しくもない子供たちの遊び場の一つである。

僕らはその店で、ウルトラ怪獣の写真（ざら紙に包まれているため何が写っているのか買うまで分からない）、爆竹（これで蟻塚から玩具まで色々なものを爆破した）、仮面ライダースナック（おまけのカードが目当てでお菓子を捨てる子供がいて問題になった）、銀玉鉄砲（当たっても全く痛くない銀玉を飛ばすプラスチックのピストル）、五十円のプラモデル（当時の一番安いプラモだった）などを時には買いながら、様々な当て物（五円か十円で籤《くじ》を引いたり箱の中の色付きガムボールを選んだりして、その結果によって何かが当たる）をやったものだった。さすがに毎日は行かなかったと思うが、そこが溜まり場の一つになっていたことは間違いない。

ある日のこと、誰かがこう言ったのがはじまりだった。

「あの家、何やおかしないか……」

僕自身の可能性もあるが、確固たる記憶はない。とにかく誰かがその事実に気付いた。

あの家――というのは、駄菓子屋から北へと伸び上がった坂道の右手の、崖の上に建てられた新築の立派な洋風住宅のことだった。それまでは何もなかった崖の上に、いきなり家らしき建築物が着工されたのは知っていた。数カ月前、店で遊んでいると、その光景が嫌でも目に入る。しかし、着工から竣工に至るまで、特に誰の関心も惹《ひ》かなかった。精々《せいぜい》「あっ、あんなとこに家でも建てんのか」と口にした者がいて、「そうやなぁ」と誰かが相槌《あいづち》を打った程度で、もう次の瞬間には忘れ去られていたはずだ。その家が僕らの注目を集め出したのは、建てはじめでも建った当初でもなく、その完成から数カ月を経た後だった。

「あの家って、いつまで経っても人が住まんよなぁ」

誰かが続けて言った通り、家は疾《と》っくに出来上がっているのに、人間の住んでいる気配が全くなかった。いつ見ても窓という窓はカーテンで閉ざされ、見事な造園を誇る庭に人影が佇むこともなく、完成時そのままの姿を保っていた。

当時、モデルハウスが存在していたのかどうかは知らない。ただ、そんな知識のない子供が見ても、その家は施主の注文に合わせて設計された特別な住宅だという判断はできた。つまり誰かが住むために建てた家に間違いなかった。なのに、いつまで経っても住人が入らない。常に空っぽの家だけが、崖の上からひっそり下界を見下ろしている。

遅蒔きながら僕らは、この奇妙な事実に気付いたわけだ。

それから毎日、その家を見上げるようになった。駄菓子屋には行かなくても、登下校時や学校が終わって友達と遊ぶ際に、よくN町交差点は通る。自然と崖の上を見る癖が付いてしまった。

季節がいつだったかは覚えていない。特に寒暖の記憶もないので、春か秋の過ごし易い時期だったのだろう。間違いないのは、崖の上の家に住人がいないことを発見してから更に数カ月が経っていたのと、その日が半ドンの土曜日だったことだ。

「あの家、やっぱり怪しいで……」

誰かが駄菓子屋の前の道で、そう言い出した。正確な数字は思い出せないが、少なくとも竣工から半年以上は経過していた頃である。その間、僕が見た限りでも平日の朝夕と休日の昼間などに、住人の気配を感じたことは皆無だった。N町交差点の近くに家があったKは、両親と出掛けて夜になって帰って来たことが何度かあったらしいが、崖の家に点る明かりを見たことは一度もないという。他にも何人か証言する者がおり、いつしか僕らの間で、あの家は大いに怪しいという結論が出されていた。

尤も幽霊屋敷だとは、誰も思っていなかった。新築のうえ、まだ誰も入居していない家なのだから当たり前である。住人が次々と入れ替わって気味の悪い噂が立った一軒目や、怪談話は全くなくても廃墟特有の無気味な雰囲気が漂っていた二軒目とは違って、そんな噂や気配が、崖の家には何もなかったのだから……。

　何もなかった？　でも、果たして本当にそうだったのか？

　崖の家を見上げることが習慣になっていた僕は、いつの頃からか、自分があの家を見上げているのではなく、あの家が僕を見下ろしていると感じるようになっていた。これは家を擬人化して、崖の上と下の位置関係や、見る見られるという立場を逆転させた比喩などでは決してない。実際にあの家は、いや正確に言うとあの家の二階が、僕のことを凝《じ》っと見下ろしていた。そう感じるようになってから、しばしば僕はわざと忘れた振りをして、崖の上に目を向けないようにした。そんなときでもあの家の二階は、ひたすら僕を見下ろし続けていたと思う。

　でも、家が人を見詰めるなんてあるわけない。

　如何に子供でも、最初はそう考えた。仮にそんなことがあるとしても、なぜあの家が僕に対して興味を覚えるのか？　理由がないだろう？　と自問してみた。だが残念ながら、その答えは自分でもすぐに分かった。

　こっちがあの家の異常に気付いたのを、あの家自身が悟ったから……。

　この異様な感覚は誰にも話さなかった。だから僕にとっては恐ろしく忌むべき存在だったが、皆には飽くまでも怪しく不審な家に過ぎなかった。当時、仲間内で江戸川乱歩の少年探偵団シリーズが読まれていた影響も、そこにはあったかもしれない。つまりこのとき誰もが、如何にも怪しい悪人のアジトらしき家に侵入して、その秘密を暴きたいという気持ちに囚われていたわけだ。気分は怪人二十面相の隠れ家に向かう、正に少年探偵団だった。僕独りを除いては――。

いや、もう一人だけ不安がっている奴がいた。先述したN町交差点の近くに住むKがそうで、僕とは違う理由でだったが、あの家を薄気味悪く思っていた。Kは夜に何度かあの家を見上げたことがあると記したが、そのうちの一度だけ、屋根の上に立つ人影を見たという。遠くて暗かったうえ、父親に知らせようと視線を外したら、次に見上げたときはいなくなっていた――消えたというよりは落ちたという感じだった――そうだが、髪の長い女のように見えたらしい。それも身体を妙な格好にくねらせ踊っている……。

Kは、この話を僕だけに教えてくれた。彼は転校生で、どちらかと言えば泣き虫だったが、特に苛められもせず皆に溶け込んでいた。泣き出すと怪獣の真似をして誤魔化す妙な癖はあったものの、わざと泣かせる者もいなかった。もちろん僕とも仲は良く、彼の家にはしばしば遊びに行った。でも、特別な打ち明け話をされるほどの関係ではなかった。なのに、なぜ僕だけに話したのか……。

とはいえ、そんな疑問を気にする余裕は全くなかった。屋根の上ということは、二階の真上だったからだ。そこに何の意味があるのか皆目見当も付かなかったが、僕にはそれが堪らなく恐ろしく思えた。しかし、誰かに喋ろうとはしなかった。Kともお互いに二度と、この件には触れず終いだった。二人とも、これは広めるべき話ではないと無意識に感じたからだろうか。

「あの家、皆で調べた方がええんとちゃうか」

だから、そんなことを誰かが言い出して、しかもその通りに話がまとまり出したとき、僕は何とも複雑な心境だった。気味が悪いので行きたくないという気持ちと、行って何もない普通の家だと——もしくはそれこそ悪人の隠れ家だと——分かった方がすっきりして良いという思い、その二つの間で揺れ動いていた。

Kも似たような気持ちだったはずだ。ただ、このとき彼が躊躇《ちゅうちょ》したのは、なぜかその場に彼の少し歳の離れた弟がいた所為《せい》もあったと思う。Kの弟が何歳だったかは覚えていないが、まだ幼稚園に通っていたような気がする。彼の家に遊びに行ったとき以外で、つまり野外において、この弟と遊んだ記憶がほとんどないことから、あのときそこに兄弟が揃っていたのは、極めて珍しかったに違いない。

怪しい家を調べよう——相談がまとまったところで、誰の目にもKの弟が足手纏いに映った。家に行くことに半ばは乗り気でなかった僕でさえ、そう感じた。普段の遊びの中でも体力の必要なものや危険が伴うもの、そして何より親や教師に対して絶対に秘密である場合、しばしば年下の遊び仲間は重荷となる。それは経験から充分に予想できたはずなのに、そこはまだ子供である。最初からKの弟を外すか、または彼がいない日に相談をすれば良かったのだが、崖の家を探険すると決めてから、ようやく弟をどうするかという話になった。

Kは弟に、家に帰るように言ったが無駄だった。兄たちが面白そうな計画を立てるのを側で聞いていたのだから無理もない。

「お前は連れてくわけにいかんから、先に帰ってろ」

皆の手前もあってKが怒ると、弟は泣き出した。自分も一緒に行くと言い張って聞かない。そのうち、もし自分だけ仲間外れにしたら、兄たちが何処に何をしに行ったか母親に言い付けると、逆に僕たちを脅しはじめた。

これには誰もが参った。単なる虚仮威《こけおど》しではないと分かったからだ。結局、自分たちの命令には絶対服従すること、この計画は決して大人に喋ってはいけないこと、この二つを約束させて連れて行く羽目になった。

それにしても、あのとき誰と誰がいたのか？　あの家には何人で向かったのか？

今、その顔触れを思い出そうとしても、誰もが全体的にぼやけていて全く分からない。自分が小学三、四年生だったことは確かなので、同じ組だった友達の何人かが候補としては考えられる。だが、いざ一人ずつの顔を思い浮かべると、いたような気もする一方、いなかったようにも感じられて、最後に残るのはKと彼の弟だけになる。恐らく僕ら三人以外に、二、三人の同級生がいたのだろう。同じように、崖の上の家に向かった時刻もよく分からない。自宅に帰ったとき陽はまだあったので、夕方の前くらい、三時か四時といった時間帯だったように思える。当たらずと雖《いえど》も遠からずといったところか。

　とにかく僕らは、N町交差点の駄菓子屋の前から北の坂道を登りはじめた。このとき久し振りに僕は崖の家を見上げたのだが、すぐに後悔した。家を目にしたことも、今そこに向かっていることも、そしてなぜかKの弟を連れて行こうとしていることまで……。

　でも、一旦動き出してしまった子供の集団を止めるなど、なかなかできるものではない。自分が当事者の一人であれば尚更である。しかも皆を納得させるだけの明確な理由が何もないのだから、どうしようもない。僕は俯きながら、ただひたすら皆の後に付いて坂道を辿るだけだった。

　大きく左手にカーブを描く坂道を回り込み、その道が再び直線に戻る手前で舗装路から外れて少し歩くと、もう僕たちは崖の家の前に立っていた。さすがに誰もが緊張感を露《あらわ》にしていた。だが、すぐに家が平家に見えることに気付いて仰天したため、良くも悪くもそんなものは吹き飛んでしまった。

「何やぁ、この家は……。けったいな造りしとるなぁ」

　誰かの素《す》っ頓狂《とんきょう》な声が、そのときの皆の気持ちを代弁していたと思う。

　本来は家の一階に当たる部分が崖を削った箇所に作られていたため、崖の上に立った僕らから見れば地面の下に位置することになり、二階部分が地表に建っているように見えた。実際その二階に正面玄関は設けられていたので、通常の二階建てというよりは地階を持った平家という格好だった。今から考えると決して特別な造りではないが、二階なのに一階という妙な家は、当時の僕らにとっては驚き以外の何物でもなかった。

この予想外の衝撃が、皆を大胆にさせた。自分たちは怪しい家を調べるだけという大義名分はあったものの、その行為は完全な不法侵入である。誰もが少しは後ろめたい気持ちを持っていた。それが、当の家が普通でないと——飽くまで当時の僕らの基準でだが——分かったのだから、まるで家自身に御墨付きを貰ったようなものである。僅《わず》かに残っていた皆の躊躇《ためら》いも、これで綺麗さっぱり消えてしまった。

誰かが門柱の横のインターホンを押している間、僕は家の二階部分を一通り見渡した。でも、いくら眺めても崖下で覚えた、こちらを見詰めている、という雰囲気は何処からも感じられない。あの感覚は自分が崖の下から見上げていたため、そんな風に思えただけなのかと首を傾げた。そうであって欲しかったが、何か腑に落ちない気分も残った。

家の中から応答がなく、玄関の鍵も閉まっていると分かった時点で、僕らは周囲を調べはじめた。侵入できる場所を探すためだ。

「おーい！　こっちに階段があるでぇ」

すぐに誰かの声が聞こえた。さすがに叫ぶことはせず、囁くような声音で皆を手招いている。敷地の一番右端まで行くと、茂った生垣に半ば埋もれるように小さな木製の門扉があり、その向こうに左手へ弧を描いて降りている石段が見えた。

そこを覗いた途端、僕の背筋にぞっと震えが走った。何か特別なものが目に入ったわけではない。狭い石段が――崖下から見上げていた庭に通じているらしい通路が――単に延び下っているだけである。だけど、その石段が曲がって消えた先に、何か途轍《とてつ》も無いものが僕たちを待ち受けているような気がした。ここを進めば二度と戻って来られないような、仮に戻って来られたとしても、もう今の自分とは違う存在になってしまっているような、何とも言えぬ恐怖に囚われた。

しかし、僕が感じた何とも言えぬ戦慄は皆には無縁だったようで、

「この扉は開くで。内側から掛け金が下りとるだけやから」

「この階段を降りたら、あの庭へ出るんとちゃうか。そしたら家の一階の何処かから、中に入れるかもしれんな」

口々に自分の意見を述べながら、さっさと門扉を開けて石段を降り出してしまった。

またしても僕は皆を止められず、ちらっとこちらを窺ったKと彼の弟が、両側を生垣の壁に挟まれた隧道《ずいどう》のような狭い通路へと呑み込まれる姿を、ただ見送るだけだった。最後になりながらも、もちろん僕も皆の後に続いた。そこで自分だけ逃げ帰るくらいなら、たとえ皆に臆病者と笑われても、あの家への侵入を断固として阻むべきだったのだから――。

一歩ずつ奈落の底に降りる気分で辿った所為《せい》か、やたらと石段は長く感じられた。両側から迫る生垣が何とも重苦しく、閉所恐怖にも似た感覚に囚われる。先程の正面玄関は見せ掛けで、潜ったばかりの門扉が実はこの家の口であり、自分は今その食道の中を辿っている気分だった。この家の胃袋の中へと、わざわざ消化されるために……。

ところが、石段を降り切ったところで、そんな暗い思いは瞬く間に払拭された。翳《かげ》っていた視界が俄《にわか》に明るくなり、目の前に見事な造園が広がったからだ。崖下から見上げていたとき、子供心にも綺麗な庭だなと羨望した。その直中にいるのだから感慨も一入《ひとしお》だった。大袈裟に言えば、そこが日本には思えなかった。すぐ近くに僕やKの家があるとは考えられなかった。

「すっげぇ、外国の家みたいやなぁ」

誰もが同じ気持ちだったようで、家を調べるという当初の使命も忘れ、皆が庭を探索し出した。下手をすると、そのまま庭で遊んでいたかもしれない。

「あっ……」

その妙に躁状態だった雰囲気を壊したのは、僕だった。思わず声を上げたまま佇む僕の周囲に皆が集まって来て、どうした何があったと訊かれたが、満足に答えられない。なぜなら庭の造形美に目を奪われている最中、ふと違和感を覚えて振り仰ぐと、家の二階が僕らを見下ろしていた――などと説明できるわけがない。

「何処か入れるところがないか、手分けして探そう」

僕の態度を奇妙に思いながらも、皆はここに来た目的を思い出したのか、各々が一階のあちらこちらを探りはじめた。

やがて誰かが、庭に降りる石段とは反対側の、家の一番東端の大きな窓が開くことに気付いた。一階で鍵の掛かっていない出入口は、そこだけだと分かった。カーテンが閉められているため、室内の様子は全く見えない。しかし家の中を調べるのであれば、ここから侵入するしかない。

このとき僕は先頭を切った覚えがある。一刻も早く庭から出たかった、二階に見下ろされない場所へ移動したかったからだ。たとえそこが、その家の中であったとしても……。

窓の内側は寝室だった。大きなベッドが部屋の半分以上を占めていたように思う。ダブルベッドだったかもしれない。まだ当時は性的な関心など大してなかったはずだが、それでも侵入した部屋がいきなり寝室だったことで、結構どぎまぎした。

全員が寝室に入ると、そこからは団子状態で家の中の一室ずつを見て回った。しかしそれも最初だけで、誰もおらず何ら怪しいところもないと分かると次第にバラバラとなり、各々が勝手な行動を取り出した。Gの新興住宅地の幽霊屋敷に入った小学生四人組と、ほぼ同じ行動パターンを取ったわけだ。

結局、家の中に人の住んでいる気配はあったのだが、それが何とも微妙だった。ほとんどないと言っても良かったが、そう言い切るには何処か躊躇いが残る。生活臭は全く感じられなかったものの、何者も住んでいないとは断言できない、ほんの微かな違和感を覚える。例えば、無人だったかと訊かれればそうだと答えられるが、何もいなかったのかと問われれば口を噤んでしまう、そんな薄気味の悪い雰囲気に満ちていたのだ。少なくとも僕が感じた限りでは……。

「あれっ、弟は何処に行ったんやろ」

書斎に入った僕が、難しそうな書物ばかりの並んでいる本棚を眺めていたとき、後ろでKの声が聞こえた。振り向くと、彼が廊下へ出るところだったので、そのまま僕も続いた。それから二人であちこちに散らばった皆を探しながら、Kの弟を見付けようとした。だが、弟の姿は一階の何処にも見えない。

「まさか、独りで二階へ登ったんやないよな……」

思わず口にした僕の言葉に反応したのは、Kだけだった。後は全員なぜそれが問題なのか分からない表情をしている。それでも僕とKの様子がおかしいのを見取ったのか、誰もが黙ったままだった。

「俺らより先に二階へ上がるとは、怪《け》しからんな」

そのうち誰かが言った。だから僕とKが怒っていると思ったのだろうが、もちろん違う。かといって何が引っ掛かっているのか、二人とも答えられなかった。

いつしか全員が階段の下に集まっていた。僕とKを先頭にして、皆が二階へと伸びる段を見上げていた。と、微かな音が上の方から聞こえてきた。床の上を何かが転がっているような響きだった。それがすぐに階段に達したかと思うと、段の上から僕たちの方へと降りて来る気配が伝わってきて――。

「うわっ……」

後ろの奴らが二、三歩ほど退いたのが分かった。だが、僕とKは辛うじて階段の下に踏み止まった。すると段の上からビー玉が一個、ころころと転がり落ちて来た。

「これ……ちょっと変やけど、弟のもんや……」

一階の床に落ちたビー玉を拾い上げたKが、繁々と眺めながら呟いた。彼が変だと言ったのは、玉の表面に顔のようなものが描かれていたからだ。極めて稚拙な絵だったので弟が落書きしたのではないかと訊くと、最近はいつも持ち歩いている彼の宝物なので、こんなことをするはずがないという。

僕とKはお互いに顔を見合わせると、次の瞬間ほぼ同時に階段を登りはじめた。半ばまで進んだとき、また床の上を転がるビー玉の音が聞こえてきて、なぜか僕は焦りを覚えた。自然に足が速まった。不思議なことにKも同じだったらしく、僕と並ぶようにして速度を上げている。ちょうど目の高さに二階の床が見えたところで、正にそこから転がり落ちようとしている二個目のビー玉が目に入って、僕は咄嗟に右手を伸ばして掴んだ。

「何してるんや、お前、そんなとこで……」

Ｋの訝《いぶか》し気《げ》な声に顔を上げると、彼の弟が二階の床の上に座り込んでいた。

弟は階段から二メートルほど離れた床の上に腰を下ろして、自分の前に数個のビー玉を散らかし、それを一つずつ階段に向かって指で弾いて遊んでいた。ただ、それだけのことだった。けれども僕は自分が摑んだビー玉にも、また弟の前にあるビー玉にも、同じように奇妙な顔が描かれているのに気付き、なぜか二の腕に鳥肌を立てていた。

「この顔みたいなもん、自分で描いたんか」

僕がビー玉を返しながら訊くと、Ｋの弟は嬉しそうに笑いながらも首を振った。

「そんなら誰が描いたんや。それに何でお前、独りで勝手に階段を上がったんや。兄ちゃんたちの命令は、絶対に聞くいう約束やろ」

Ｋがわざと怖い顔を作って怒ったが、やはり弟は笑うだけで何も言わない。そのうち残りの皆が階段を登って来てたちまち二階の捜索がはじまり、結局そのまま弟への問い掛けは有《う》耶無耶《やむや》になってしまった。

僕はＫに、ビー玉の無気味な顔についてどう思うか尋ねたくて仕方なかったが、とてもそんな雰囲気ではない。彼は弟のビー玉を全て取り上げると、それを自分のポケットの中に仕舞い、この家を出るまで決して自分から離れるなと厳命した。弟は素直に頷いたが、なぜか僕は、その彼の笑顔を直視することができなかった。

一階に寝室や書斎や浴室、家族用の居間や客間や和室といった部屋があったのに対して、二階はダイニングルームとリビングルームの物凄く広い二つの空間だけで占められていた。尤も床には高低が付けられ、仕切りや棚が配される変化に富んだ空間演出が施されていたため、何処か一箇所から二階全体を見渡せるわけではなかった。だから捜索をする甲斐は充分にあった。

何もない。普通の家やないか……。

他の者とは別の興味で、恐る恐る二階の全てを回ってみて、僕は少し安堵した。一階はともかく、ここにこそ何か恐ろしい家の秘密がある気がして仕方なかったので、このときのホッとした気持ちは格別だった。

一方、皆の振る舞いは、次第に傍若無人になっていった。食器棚から硝子の綺麗なコップを取り出して水を飲む奴、冷蔵庫の中を探る奴、高価そうなステレオのラジオを付ける奴と、誰もが好き勝手なことをしていた。ただ、冷蔵庫の中身にだけは僕も興味を惹かれた。ビール瓶ほどの透明な瓶が何本も並んでいただけで、それ以外は一切何も入っていなかったからだ。しかも、瓶の中には緑色のどろっとした液体が詰まっており、それが何なのか誰にも分からなかったので、余計に好奇心を刺激されたのだと思う。今あの液体の正体に考えを巡らしてみても、全く見当が付かない。

相変わらず住人のいない謎はそのままだったが、家の中を一通り見てしまったため、それから僕たちは侵入したルートを逆に辿って外へと出た。もちろんコップは水気を払って棚に戻し、ラジオのスイッチも切ることを忘れなかった。自分たちが入った痕跡を残さないように、それまでの勝手な振る舞いとは裏腹に、細心の注意を払って家を後にした。

少年探偵団は崖の上で解散となった。まだ陽はあったはずだが、さすがに誰もが疲れたのだろう。その日は、皆がそのまま家へと帰って行った。

翌日の日曜の夕方、僕は親父と風呂に入っていた。普段は独りで入浴していたはずだから、その日の朝か昼からでも、親父と一緒に何処かへ出掛けたのかもしれない。といっても大抵は近くの山や野原だったから、それで一緒に風呂に入っていたのだと思う。

そこに突然、いきなりお袋が顔を出したので何事かと目を丸くしていると、

「昨日、一体何処に行ったんや」

途端に顔から血の気が引いた。なぜだか分からないが、あの家に行ったことがバレたのだと悟った。咄嗟に考えたのは、逃げられない、という自分が置かれた状況だった。風呂の中で親父と二人、しかも戸口にはお袋までいる。絶望的である。

「今、K君のお母さんから電話があったんやけど――」

昨日の夕方、長男と一緒に帰って来た次男が、ずっと嬉しそうにニコニコと微笑んでいる。今日になっても同じだったので、Kの母親が何か楽しいことでもあったのかと訊くと、「昨日な、ええところへ行って来てん」と答えたらしい。そして、横で慌てるKを尻目に、崖の

家に皆で入ったことを全て喋ったのだという。

あのガキめ！　絶対シバいたる！

自分が絶体絶命の状況に陥っているのも忘れて、僕はKの弟に激しい怒りを覚えた。あれほど口止めをしておいたのに――。

ただし、その怒りはお袋の次の台詞によって、一瞬にして恐怖へと転じた。湯船に浸かっているにも拘らず、全身が粟立《あわだ》ったほどだ。

「それで、向こうで会《お》うたいう家の人には、ちゃんと謝って来たんやろうね」

Kの弟によると、彼が階段の下から見上げたとき、二階に女の人がいたという。その人が手招きしたので、自分は独りで階段を上がった。そうして一緒にビー玉で遊んだと。けれど兄たちが登って来たら、その女の人がいつの間にかいなくなっていたので、きっと兄たちには会いたくないのだと思って黙っていたのだと。そう話したらしい。

その後、Kと僕だけでなく同級生の全員が、あの家には誰もいなかったと説明したのだが、どうも母親たちは誰一人として信じなかったようだ。つまり最も幼いKの弟の証言が採用されたのだ。これには僕らも参った。違うと言えば言うほど、余計に嘘を吐《つ》いていると思われるのだから……。

ちなみに風呂場にいた親父には、ほとんど怒られなかった。お袋に家の場所だけは確認していたが、それ以外は特に僕の話を改めて聞くこともせず、ただ淡々と他人の家に無断で入り込んではいけないと諭されただけだった。当時、現職の警察官だったことを考えれば、親父のこの態度は非常に不思議だった。

それから数日後、僕たちが学校に行っている間に、崖の家に侵入した同級生の母親たちが集まり、菓子折を持って謝りに行ったと、その日の夜にお袋から聞かされて驚いた。

「やっぱりこういうことは、ちゃんとお詫びしとかんといかんから」

しかし本当に仰天したのは、それからだった。

「せやけどなぁ、おかしいんやで。出て来はった女の人は、そんな子供の集団なんか知らんて言わはってな」

訪ねた母親たちに対して、家の住人らしき女が姿を見せたというのだ。しかも先週の土曜日は在宅していて、子供どころか誰一人として訪問客などいなかったと――。

「子供のやったことやから、あんたらを庇《かば》って恍《とぼ》けてくれてはるんかと思うたんやけど、そうでもないんや。その女の人の様子を見てるとな」

結局、母親たちは狐に摘まれたような状態で帰って来たらしい。全ては僕らの質《たち》の悪い悪戯《いた》《ずら》かと一時は考えたが、まだ幼いKの弟にそこまで巧妙な嘘を教えるのは無理なことから、それは有り得ないと結論された。要は訳の分からない話ながら、でも相手に文句を言われずに済んで、母親たちとしては胸を撫で下ろしたわけだ。

だが、僕たちはそれでは済まなかった。普通なら真っ先にKの弟を懲らしめるところだったが、それよりも彼が会ったという女とは何者なのか、気になって仕方がない。

　ところが、Kは余り多くを語ろうとしなかった。あの日以来、弟は一日中ニコニコしているらしいが、それが尋常な状態には見えないという。どうやら母親も薄々その奇妙さに気付きはじめたようで、本当は何があったのかと尋ねるのだが、弟は嬉しそうに笑いながら「ビー玉遊び」と答える。どんな人に会ったのかと訊くと、「くねくねした女の人」と説明する。

　気が付くと僕たちは、N町交差点の駄菓子屋に余り近付かなくなっていた。行ってもさっさと当て物をやり、欲しい駄菓子を買ってしまうと、以前のように店の周囲に屯《たむろ》することなく、何処か別の場所へ移動していた。尤も僕とKと一部の者は、登下校の際に嫌でも交差点付近を通る必要があった。ただ、もう誰も崖の家を見上げなかったと思う。それでも二、三回ちらっと目をやった限りでは、相変わらず窓という窓にはカーテンが閉められ、人影など何処にも見えない、住人のいる気配など全然ない様子が窺えるだけだった。

　その後、Kは転校した。恐らく彼がS小学校にいたのは、三、四年生の間の二年弱くらいだったのだろう。

　このKの転校の前後に、確か同級生の誰かが学校の非常階段から転落しそうになる騒動があった。刑泥（「刑事と泥棒」という名の鬼ごっこ）をやっていて、過って落ちそうになったらしい。本人によると、なぜそんな状況になったのか自分でも全く分からないという。ただ転落していれば、確実に死んでいただろうと言われた。

Ｋとは年賀状や暑中見舞い以外にも、何度か手紙のやり取りをした。それが、あるときから返事が来なくなった。僕の方は、その後も二度ほど手紙を出した記憶はあるのだが、到頭それっきり返信はなかった。

後年になって知ったことだが、崖の家の近くの山で戦後すぐ、女性が殺される事件があったらしい。そこが粘土質の山だったことから、当時は粘土殺人事件と呼ばれたという。ただし、その現場の山と崖の家が建っていた場所は離れているので、双方に因果関係があるとも思えない。第一その粘土山は僕らの遊び場の一つだったのだから、何かあるのなら一度くらい怪異めいた現象に遭っていそうなものである。けど、そんな体験は僕にも友達にも全くなかった。

結局、あの家は何だったのか……。

この原稿をここまで書いてきて、今ようやく思い至ったことが三つある。それは、非常階段から転落しそうになった奴は、崖の家へ一緒に忍び込んだ一人ではなかったか。Ｋの弟は引っ越した先で、もしかすると高所から落ちて亡くなったのではないか。そしてあの日、その弟が遊んでいたビー玉の数は、僕たちの人数と同じだけあったのでは……。

もちろん全て僕の単なる想像——いや、妄想と言った方が良いのかもしれない。

だが、最後に思い出したことがある。Ｋは転校する前に、あのビー玉を一つ呉《く》れたのだ。

あれは僕だけに渡したのではなく、あの崖の家に入った者には一人に一個ずつ、ひょっとすると分配したのではないか。それが何を意味して、その結果どうなったのか、誰にも分かることではないが、そんな気がする。

次に帰省した際、きっと僕は小学生のときから使用している机の引き出しの奥に、そのビー玉を探すことになるだろう。それを見付けたとき、埋もれていた別の忌まわしい記憶が蘇るのかどうか、それはその場になってみないと分からない……。

それにしても肝心のあの家は、相変わらず人間が住んでいる気配など全く漂わせずに、まだあそこの崖の上に建っているのだろうか？

今、僕の脳裏には、Kから貰ったビー玉を握り締めて、N町交差点から崖の家を見上げている自分の姿が浮かんでいる。

（二）原　因

ある漫画家の事務所で働いていたスタッフから筆者が聞いた話。

ライターのKさんは、かつてある雑誌の編集長をしていた遣《や》り手だったが、もう何年も前に引退して、当時はフリーのライターだった。高齢になった漫画家とは昔からの付き合いだったので、その人の本を企画したいと考えた。

しかし残念ながら、当の漫画家には本が書けるだけの余力がない。そこでKさんがゴーストライターになることにした。

ところが、本来なら半年もあれば出版まで進められる内容の本に、二年間も掛かってしまった。

その原因は色々とあるらしいのだが、一番大きかったのは自転車に乗っていて、ほんの小さな石に車輪をとられた「事故」だという。本当にちっぽけな石だった。なのにKさんはこの石のせいで転び、なんと大腿骨の骨折という大怪我を負うことになった。

しかも、怪我をしたKさんが自宅で寝ていると、庭に見知らぬ男たちが入ってきて、何やら話しはじめた。

「他人の庭に無断で入るとはどういうことか」と怒ると、この家は売りに出ているので早く立ち退《の》いてほしい、と逆に文句を言われた。

びっくりして確かめると、別居中だった奥さんと既に独立している息子や娘が、勝手に家を売ってしまったのだと分かった。

こうしてKさんを取り巻く環境は、雪だるま式に悪い方へ悪い方へと流れて行った。

Kさんは考えた。どうしてこうも悪いことが続けて起きるのか。そこでハッと気付いたらしい。ある時期を境に、自分の周りで悪い出来事が起こりはじめたのだと……。

その日、Kさんは電車に乗るために、ある駅へ行った。すると電車が止まっている。どうしたんだろう、と思いながらホームの先へと進んで、それと目が合った。電車に飛び込んだらしい男の首と、目と目が合ったのだ。

その首は線路の上に、ちょこんと乗っていた。胴体から切断されているのに、なぜかネクタイだけは、まだ首にちゃんと巻かれている。そして、これ以上は開けないというくらいに両目を一杯に開いて、Kさんを見ていたという。

以来、Kさんは悪い出来事に見舞われ続けているらしい。

よなかのでんわ

「…………はい…………」

（……よぉ、久し振りやなぁ……）

「……もしもし……」

（ほんまはな、お前をこっちへ呼びたかってんけど――）

「……えっ……」

（……もしもし……何や、もう寝とったんか……）

「うーん……今……何時や……」

（えーっと……もう少しで二時やな）

「ううっ……に、二時ぃぃ……？　お前……なぁ……」

（何や、作家いうんは、夜通し執筆してるもんやろ。特にホラー作家やったら）

「それは……単なる偏見いうか……世間の思い込みや……。書くんは……朝から夕方までいう……物書きも……そりゃおるよ……」

（へぇ、まるで普通の勤め人みたいやな）

「ああ……通勤がないだけ……助かるけどな……。まぁ、会社勤めが長かったりしたら……」

そうそう昼夜は……逆転せえへん……いうことや……」

（なるほどなぁ——）

「で……何やねん、こんな夜中に……」

（ふっふっふ……今、何処《どこ》から掛けてる思う？）

「ええっ……？　何を言うとるんや、お前は……」

（ヒント出そか。ヒントはな、五年前——）

「おいおい……夜中に電話してきて、謎々するんやったら……」

（ちょうど五年前の、今頃やったなぁ……）

「……………」

（その沈黙は、どうやら分かったみたいやな）

「……お前、まさか……」

（へっへぇ……）

「あの山におるんか……こんな時間に？」

（ようやく目が覚めた、いう感じやな）

「ほんまか……。おちょくってるんと違うやろな？」

（そんな嘘、わざわざ吐《つ》くか）

「あんときに、もう懲《こ》りたん違うんか。こりゃ本物や言うて……」

（考えたら、お前のホラー作家デビューを祝った、せっかくの怪奇スポット巡りやったのになぁ。それを最後は、皆で逃げ帰ってんから、全く話にならんわ）

「かなり酒が入ってたもんな。素面《しらふ》やったんは、下戸《げこ》の透《とおる》だけやったやろ。そう言えば、あいつは頻《しき》りに止めとった……」

（透は怖がりやったからなぁ。けど、あいつしか運転できんの、もうあんときにはおらんかったやろ。しゃあないわ）

「安彦《やすひこ》が強引やったんや。それにお前が悪乗りして——」

（同級生が作家になって、東京から戻って来たんや。しかも会うんが、十数年振りやろ。五人が揃うたんは、いつ以来のことやら。それなりの歓待するんが、礼儀ってもんやろう）

「事情に通じてる者《もん》には関西一やとも言われる、あんなヤバい場所を、わざわざとりに持ってくることがか……」

（そら、相手がホラー作家やねんから、ここほど相応《ふさわ》しいところもないわな）

「で……どうしたんや。何で今頃、そんなとこにおる？」

（お前も相変わらず冷たいやっちゃなぁ。その後、五年も帰ってけえへん作家先生に、こっちから久し振りに連絡するのにや、普通の電話じゃ失礼や思うてな）

「お前なぁ……失礼言うんは、真夜中に電話することの方やろ」

（せやから、余計にええんやないか。丑三《うしみ》つ時《どき》を狙うて、知る人ぞ知る心霊スポットからホ

ラー作家に電話して、怪奇実況中継をするいうアイデア――どや、いけるやろ。何やったら、このまま小説にしてもええぞ)

「ほぉ、それで実はお前はもう死んでて、これは幽霊からの電話やった――いう落ちか」

(へえっ、さすがやな。うん、それでほんまに書いたらどうや)

「阿呆か……。今日《きょうび》こんな落ち使うたら、即座に没や」

(なら、お前の方が、実は死んでるいう落ちやったら?)

「むしろ、そっちの方が有り触れとる」

(ふーん――)

「それにやな、俺が死んどるんやったら、お前はその死人に、一体どうやって電話ができたんや? その説明が必要やろ」

(ああ、なるほどな。けど、ホラー映画なんかで、ようある話やないか)

「映画は、小説より遥かに大衆娯楽やから、そのへんは甘いんや」

(へえっ、そういうもんなんか……。いや、こっちへ呼ぼうか思うたんはほんまなんや。けど、電話いうんもええかって――)

「うん、そりゃ電話くれたんは嬉しいけど――で、今どの辺におるんや」

(門から少し入った辺りやな。ほら、最初に妙な碑みたいなんがある……)

「今日はそっちの天気、悪かったんやないか」

（一日中、ずっと曇っとったな）

「なら今、真っ暗やろ……」

（ああ、ほんまもんの闇やな。側に誰かおっても、触られるまで分からんような……）

「悪いこと言わんから、そっから戻れ」

（せっかく電話してるのに、そんなことできるか）

「別に何かが出るからやのうて、一時期そこ暴走族や危ない奴らが来とったいう話もあるんやろ。喧嘩やカツアゲくらいならええけど、確か血腥《ちなまぐさ》い事件も起こってたんと違うか」

（あぁ、ようは知らんけど、阿呆な騒ぎで何人か死んでたかもしれんな。それ以外にも、身元不明の赤ん坊や老人の屍体遺棄なんかがあって……）

「そこまで知ってて――お前らなぁ、自分の歳を考えろよ。少なくとも現実的な危険があるやないか」

（それやったら大丈夫や。ここ、今の若い奴は知らんし、ある程度の年齢で一回でも来たことある者やったら、二度と近付きたがらんほどの、忌み山になっとるから）

「二度と……か。俺らは、あれが二度目やったけどな」

（ああ、一回目が――）

「中三の春やったなぁ……。あんときは昼間やったけど、皆、かなりビビってたよな。ちゃりんこで行ったから、山を降りる頃には陽も暮れてしもうて――」

（もう二度と来んて、皆が言うてたな）

「それを、ええ大人が、選《よ》りに選って酒の勢いで、しかも真夜中に――」

（何ぞ出んでも、下手したら事故っとったところや）

「そこまで分かってて、また、わざわざ行く阿呆がおるか」

（はっはぁ……。せっかく電話したったのに、まぁそう怒るな。それに人が死んだ言うても、ここは元から墓場やないか。墓石は何や見慣れん、けったいな形しとるけど……それこそ死人だらけやねんから）

「その死人が……そこに埋葬されてる中身が、問題なんやないか」

（えっ……）

「おい……。そこが裏で関西一ヤバい言われてる意味――あんとき説明したから、お前も分かってるやろ」

（こんだけの墓石があるのに、一つとして誰の墓かは判明してない……いう話やろ。それにしても凄い数やなぁ）

「ああ……。歴史的に差別を受けてきた階層の人々の墓とも、戦前から戦中に強制労働のため軍部に駆られた近隣諸国の外国人の埋葬地とも、色々言われてるけど、未だに何も分かってないはずや」

（歴史の闇に葬り去られた場所……か）

「旧日本軍が細菌戦のために人体実験をした、その被験者が埋められてる――いう眉唾《まゆつば》な噂までであったからな」

(どれも嘘臭いような反面、どれであっても納得できる気もするな。せやけど、幾ら山奥とはいえ、ちゃんと調べたら――)

「要は戦後、公的に調査しようという動きがなかったんやな。いつまで経っても判明せんのは、言わば当たり前なんや。一部のノンフィクション作家らが、雑誌や自著の中で、他の題材と一緒に小さく取り上げたくらいやろ。それでさえ、大抵は同じ文献や資料の使い回しやったから、特に目新しい説が出てくるでもなく、代わり映えのせん内容でな」

(ほぉ、それでも一応は、資料なんか残っとるんや)

「ただ、実際に調べはじめると、色々な壁にぶつかるらしい。あからさまな邪魔もあった、妨害された、いう話も聞くしな」

(なら、お前の小説で、ここを舞台にしたらどうや。創作やねんから、別に大して調べる必要もないやろ。それこそ、凄いメタになるやないか)

「そういう場所を、わざわざメタで取り上げる気はない」

(何で？　やりようによっては怖なるんとちゃうか)

「天山天雲《てんざんてんうん》いう作家を――知らんわなぁ。実家が奈良の寺いう戦後デビューした怪奇小説家で、東城 雅哉《とうじょうまさや》と同時期に活躍してたんやけど」

(ああ、知らんな。有名なんか)

「いや、今ではカルト作家と言えるやろう。その天山やけど、『深紅の闇』いう作品を書いてる途中で、行方不明になってってな」

(まさか、それって――)

「そう、その墓地を題材にした小説を、どうも彼は書くつもりやったらしい。で、その山に取材に行った切り、戻って来んかったいう……」

(ほんまか……)

「当時、そこは既に荒れた廃墟のような場所やったから、奥まで入り込んだ彼が、遭難したんやないかと見られた。それで山狩りもされたけど、何処からも見付からなんで――」

(脅かしてくれるやないか。けど、ノンフィクションを書いた奴もおって、そいつらは無事なんやろ)

「うん。ただ、そういう人らは誰も、現場には足を踏み入れてへんからな」

(何やそれ……。小説を書く奴が取材に来て、ノンフィクションを書く者が来んいうんは?)

「せやから余計に、何や薄気味が悪いんやろ」

(というと?)

「お前の言う通り、現場に足を運ぶんが当たり前の人らが皆、何やそこを避けてるように見えるからや」

（自分も行っといて、何を言うとる）

「それは……無理に連れて行かれたようなもんやろ。いや、お前らだけを悪者にする気はないけど……」

（当然や。そもそも中三のとき、ここに皆を連れて来た首謀者は、お前やろ）

「あんときは、子供やったからな……。けど、五年前は——自分でも、酒の勢いで阿呆なことした思うてるし、ちゃんと反省もしとる。せやから、お前らも早う帰れ」

（ああ、奥のあの家まで行ったらな）

「あそこまで、行く気なんか……」

（そりゃ行かんと、ここにおる意味ないやろ）

「けど……あれは、絶対に変やぞ」

（覚えてるか）

「あんなもん、そうそう忘れられるわけない。墓地が終わった思うたら、外れに妙な建物がある。赤煉瓦を積んだ小屋みたいなもんやけど、扉もなければ窓もない。外から見たら、のっぺらぼうのような家で——」

（中三のとき、あったか）

「……どうやろ……？　見たような気もするけど……恐らく煉瓦の塊やとしか、誰も思わんかったんと違うか。それよりも夥《おびただ》しい墓の群れに、皆すっかり、ビビってたからな」

(けど、五年前には手前の壁が崩れとって、家ん中が見れたもんな)

「覗くだけで、入るんやなかった……」

(ご丁寧にも安彦が、更に壁を崩したからなぁ)

「あいつ、余計なことを……」

(扉は一応、裏側の壁に小さいのが付いとったけど)

「そうやった……でも裏は、すぐに沼やったはずやろ。しかも、あの妙な建物は、沼に突き出すように建っとったから……ありゃ一度は沼に浸からん限り、あの扉から中には入れんいうことや。第一それに――」

(けったいな部屋やったなぁ)

「あっ、思い出した……。外側は大分に薄れとったけど、内側は毒々しいまでに煉瓦の赤が残っとったやろ。それが物凄う無気味で……」

(狭い割に、妙に物が仰山《ぎょうさん》あってな)

「確か……小さな木製の机と椅子、蒲団《ふとん》のない鉄製のベッド、それに大きな棚――の中に、ラベルのない沢山の缶詰、古惚けた医学全書、釣り道具、夥しい数の空の硝子瓶《ガラスびん》、七輪、焼けた何十本もの釘が入った木箱、顕微鏡、延々と写経されてる十数冊のノート……」

(ほうっ、よう覚えてるな)

「脈絡のないもんばっかりやったから、逆に思い出し易いのかもな」

（棚と反対側の壁に、何か貼ってあったやろ）

「あぁ……クレヨンか色鉛筆で描いたような……気味の悪い……」

（下手糞な絵やったなぁ）

「うーん、絵いうより……あれ、解剖図みたいに見えたな」

（何の？）

「一つは人間で、もう一つは四つ足の……」

（それにしても、何のための建物やったんか）

「せやなぁ――」

（時郎《ときろう》は、墓地の管理人小屋や言うとったやろ）

「いや、それやったら窓が一つもないのは妙やし、扉の位置もおかしい。仮にあの小屋を建てた後で、裏の沼が広がったんやと考えても、そもそも墓地とは反対側の壁に、あんな小さな扉を作ること自体が妙やからな」

（ごもっとも――）

「流しも洗面台もトイレも、水関係の設備が全く見当たらんかったんも変やろ。第一それに唯一の出入口である扉が、内側から漆喰《しっくい》で塗り固められとったやないか。正面の壁が崩れてなかったら、俺らも中へは入れんかったことに……」

(そんな不便な小屋を、わざわざ誰が作って使うか——)

「うん……」

(どないした?)

「いや……あんときは気にならへんだけど、内側から扉を漆喰で固めた奴は、その後どうやって外へ出たんやろうな……って」

(そりゃ、表の壁の隙間からやろ)

「そう考えるのが、当たり前か……。ただ、あの壁が崩れたんは、俺らがあそこに行った数年前やのに、扉を固めた漆喰は少なくとも十数年ほど経ってたような気が、ふとしてな」

(それがほんまやったら、そいつの白骨屍体が、あの部屋の中にあるはずやろ)

「そやなぁ——」

(そうか、ほんまもんの密室の謎やったりして)

「色々と思い出したら、何や怖なってきた……」

(ホラー作家が怖がってどうする)

「墓地も尋常やない雰囲気やったけど、あの家は存在そのもんが禍々《まがまが》しかったいうか……」

(机の上に、電話があったやろ)

「あった……それも俺らが、子供の頃に辛うじて目にしたような、ダイヤルのない、横のハンドルを回して掛ける真っ黒な電話やった……」

（そう言えばお前、随分と気にしてたな。何でこんなとこに、こんな古い電話があるんや
――言うてな）

「そりゃ誰かて、気になるやろ。奥深い山中の、墓地の中の、更に変な小屋の中やで？　どう考えても、電話線が通じてるわけない」

（昔のことは、せやけど分からんやないか）

「まぁなぁ……。それこそ旧日本軍の施設でもあったんやったら……。けど、それならそれで痕跡があるやろうし――」

（ヤバい施設の方は、ぜーんぶ爆破されたとか）

「せやから、そんなことしたら跡が残るやろ」

（あっ、そうか――）

「やれやれ、どうでもええけど難儀な奴らやな……。それで何や、今回も透が運転手役を務めてんのか」

（いや、あれから透――ぶらぶら病になってな）

「えっ？　ぶらぶら病……？」

（すっかり精気が抜けたみたいな状態や。なーもせんと、ただ一日中ぶらぶら、家におるようになってもうてな。それで透のお袋が、こりゃぶらぶら病や言うて嘆いてなぁ）

「そう言えば昔の田舎で、そんな呼び方をする神経症の病気があったな。それで会社は？」

（さぁ、休職扱いにはなってたみたいやけど……）

「その後は、どうなんや？　恢復《かいふく》せんのか」

（それがな、突然ある日、出歩くようになってな）

「治ったんか」

（お前あんとき、東京で聞いた変な村の話をしたやろ）

「えっ……何やいきなり？」

（ライターの何とかいう人の友達が、関西の山ん中で――言うて）

「ああ、Hさんの京都やったか奈良やったか、そっちの友達の体験談のことか」

（そうそう。四輪駆動に乗ってる人で、よう山ん中を走ってたいう――）

「あれは――あるとき見知らぬ山道を見付けたんで辿ってみると、妙な村に出た。木造の家の柱が全て、尽《ことごと》く朱色に塗られてる。しかも廃村という雰囲気ではないのに、人っ子ひとりいない。それからしばらくして、その人が彼女を乗せてドライブしてたとき、その村のことを思い出した。話すと彼女も見たいと言う。そこで例の山道を捜したけど、なかなか見付からない。ようやく捜し当てたときには、もう陽も暮れはじめていた。でも、彼はその道を辿った。やがて陽が完全に沈んだところで、ようやく例の村が目に入った――その途端、彼は慌ててUターンをすると、一目散に逃げ出した。なぜなら村の全ての家に、真っ赤な明かりが点っていたから――いう赫村《あかむら》の話やろ」

(それやそれ……赫村や)

「それが、どうしたんや。透と何ぞ関係でもあるんか」

(実在するって言い出したんや。その村が……)

「あいつが、そう言うたんか……。けど、俺があの話したとき、そんなこと透は一言も口にせんかったぞ」

(あんときは、知らんかったんやろう)

「ほんなら、後で知ったんか……。でも、何で？　誰かに聞いたとか――」

(うん、電話があったらしい)

「電話？　誰から？」

(それが……言わんのや。ただ、ほんまに赫村は存在してる。それを教えて貰うたって、変に興奮してな)

「つまり出歩くようになった言うんは、その村を捜しに？」

(そういうことみたいやな)

「今でも透は、その村を――」

(さぁ、捜しとるんと違うか)

「違うか――って、えらい冷たいやないか」

(東京に行きっ放しで、碌《ろく》にこっちへ帰って来《き》いへん奴に、そないな言われ方される筋合い

はないで）

「いや、それは……け、けど、お前らも連絡くらい、してくれてもええやないか。そないなことに、透がなってるんなら」

（それどころやなかったんや。あいつ、そのうち赫村だけやない言い出してな）

「どういう意味や」

（赫村の他に、人牛村と墓村いうんがあるはずやって……）

「ひとうしむら……何やそれ？　人間の牛の村って書くんか」

（そうやろう。で、墓村は、もちろんお墓の村っていう――）

「それって、まさかそこのことや――」

（安彦もそう思うたみたいで、週末の昼間なんかに透を連れて、何度かここに来たらしいわ。途中の山道で、赫村と人牛村を捜す手伝いもしたそうやけど）

「でも、なーんも見付からんかったわけか」

（うん。ただなぁ、そんな透に調子だけ合わせて、あいつ半年くらいは付き合うてたんやけど、そのうち車の接触事故を起こすようになってな）

「どんな？」

（それが妙なんや。二股に分かれた道やのに、その分岐点に突っ込みそうになったり。真っ直ぐ延びてる橋の途中で、急に左折しようとしたり。前方のT字路を、そのまま直進しそう

になったり……してな）

「何でそんなことを？　あいつは何て言うたんや」

（道があるように思うた——って。つまり、二股の分岐点の真ん中に三つ目の道が見えた。橋の途中に左手へと延びる枝道があった。T字路やのうて四ツ辻やった——ってな）

「錯覚いうレベルの話やないよな、それ……」

（どうやろう——）

「待てよ……けど、あいつが元々走ろうとしてた道は、ちゃんとあるんやろう。例えば橋やったら、そのまま直進して渡るつもりやったはずや。それを、別の道が見えたからいうて、何で方向を変えたんや？」

（呼ばれたような気がする……そう言うてたな）

「誰に？　まさか、何者かが存在せん道の向こうに立ってて、手招いたとでも言うんか」

（さぁ……肝心な話になると、要領を得んでな）

「おい……。安彦が透と一緒に村を捜してたとき、何ぞ変わったことがあったとか、変なもんを見たとか、言うてなかったか」

（あぁ、あいつと違うけど、透がおかしなこと言うたらしい）

「何て……？」

（ここへ来て、その周囲を二人で調べてから帰ろうとしたら、安彦の車の助手席に、女の人が座ってたって。それも緋色の、薄汚い着物のような衣服を着た……)

「実際に、そういう人がいたわけやないよな」

(うん、安彦は見てない言うてたから。ただ、行きは助手席に乗ってた透が、帰りは厭《いや》や言うて後ろに座ったらしいけど)

「そんな妙なことがあったのに、お前らは懲りずにふざけて、また夜中にそんなとこへ行ってんのか」

(いや、せやから安彦も来てへんよ)

「えっ…………」

(小さな事故を何度か起こした後、ほら、入らず森の近くに土手があるやろ。あそこから川へ突っ込みよってな)

「な、何やて！　そ、それで、大丈夫なんか――」

(うん、命に関わるほどやのうてな。けど、入院はせんならんだけど)

「そんなら今、お前は時郎と二人っ切りで、そこに……」

(ああ、時郎はな、その次の年やったなぁ……急に神社や寺巡りをはじめよってな)

「ええっ……？」

(それでも最初は、週末にやってたみたいやけど、それが会社帰りにもするようになってな。そのうち早退したり、有給休暇を使い出したり、遂には無断欠勤を繰り返して一日中、神社仏閣巡りをするようになってもうて——)

「ちょっと待て——一体あいつは何のために?」

(ほんまもんの神様を捜す言うてな。それとも仏様やったか……)

「本物のって——いや、それよりも何で急に、そんなこと言い出したんや?」

(電話が掛かってきたそうや)

「…………」

(女の人から、ほんまもんの神様を捜すように——っていう電話が……)

「ど、どういうことや……」

(それでもな、ただ神社や寺を回ってるだけやったら、別に問題もなかってんけど)

「何かしたんか」

(行く先々で、ここには神様がおらんとか、ここは穢《けが》れとるとか、ここは祟《たた》り神になっとるとか、そこの人に難癖を付けはじめてなぁ)

「あいつが……」

(それで到頭、深泥ヶ池の病院に入れられてしもうて、まだ入院しとるわ)

「深泥ヶ池って、あそこは精神病院やないか」

(そうや。関西じゃ有名な——)

「お、おい……。ほ、ほんなら今、お前は……独りでそこにおるんか」

（そういうこっちゃ）

「お、お前、大丈夫か…………」

（ああ、何でや？　別に――）

「何でやって――こんな時間に、そもそもそこへ行くいうんが――おい、やっぱり誰かと一緒やないのか」

（いいや、誰もおらんで）

「けど、何か聞こえへんか……」

（風とちゃうんか。奥深いとはいえ、山の上やからな）

「そうか……。うん、ごうぅぅぅぅいう音が、する……」

（でも、そんなに大して風なんか吹いてへんけどなぁ）

「耳を澄まして聞いてると、何や真っ暗な河原に吹き荒ぶ、ぞっとする寒風のような感じがあるけど……」

（おっ、さすがホラー作家やな。まぁ、真っ暗いうんは当たってるわな）

「…………」

（ちょっと待ってくれ……。どうも、あっちの方から聞こえるな。ひょっとしたら、あの家の方からしてるんかもしれん――）

「おい、せやけどそれ……何や人の声のようにも聞こえへんか。独り言を呟いてるような、お題目でも唱えてるような」

（こんなとこで、こんな時間に、誰ぞお参りでもしてる言うんか）

「いや、けど……おい、止めとけ。あそこに近付くな！　今からでも遅うない。引き返せ！」

（もう後ちょっとで、あの家やから――）

「おい、止めろ！　おい！　清志《きよし》ぃぃ！」

（…………）

「清志……？　もしもし……清志……？」

（…………）

「おい、聞こえるか……。清志？　おい？」

（けど……）

「ふうっ、脅かすな。切れたか思うた。お前、ほんまに大丈夫なんか」

（ああ……けど……）

「けど――なんや」

（――と違うからな）

「えっ……」

（せやから、清志と違うから――）

「…………」

（…………）

「で、でも、お前……」

（名乗った覚えは、ないけど——）

「そ、そ、そんなら、清志は……」

（ああ、あいつは一年前に、ここを調べに来よったんや）

「えっ……」

（最初の年に透がぶらぶら病になって、半年ほど安彦が付き合うてやった後、遂に村を見付けたいう伝言だけ残して——あいつ、行方不明になってな）

「そ、そんな話、さっきは一言も……」

（翌年に事故った安彦は、入院先の病院である日、何もない壁に向かって全速力で突っ込んでもうてな。頭を強う打って死によった）

「なっ……」

（その直前にな、ロビーの公衆電話で、誰かと話しとる姿を目撃されとるんやけど……側におった婆さんの話じゃ、安彦が誰かに掛けたんやのうて、あいつが通り掛かったところへ、電話が鳴ったらしいわ。それに出たんやなぁ）

「…………」

(時郎が妙になったんは、三年目やな。尤も深泥ヶ池の病院の中で、どうやらほんまもんの神様を見付けたようやから、あいつだけは助かったんかもしれんな)

「………………」

(それでや、毎年そんな怪異なことが順番に、一人ずつに続いたんで、清志も原因がここに、、、あるいう風に考えて、それを調べに来たみたいでな)

「………で、あいつは……」

(ああ、さすがやった思う。それですぐ、お前に電話しよう思うたんやろ)

「い、いや……清志から電話なんて――」

(ああ、なかったやろな。けど今、そっちへ掛けてる携帯な、これ、、、あいつのやで)

「…………」

(本人が掛けてないんが、問題やろうけどな)

「き、き、清志は――」

(さぁなぁ……)

「お、お前……だ、誰や……」

(うん、誰やろう……)

「た、隆《たかし》か……いや、勝《まさる》やろ？　ち、違うな……そ、そんなら孝行《たかゆき》や――」

(中三んときも五年前も、ここへ来たんは、透、安彦、時郎、清志、それにお前の五人だけ

やないか）

「よ、四人のうちの誰かが、別の奴に話したんかもしれん――」

（いいや、誰もあの日のことは、他の者には一言も喋らんかったなぁ）

「な、なら、何の問題も……」

（――ないのかもしれんけど、まぁ仕方ないやろ。関わってもうてんから……）

「…………」

（それに、お前……。あんときのこと、今、書こうとしてるやろ）

「えっ…………」

（執筆の依頼があったとき、咄嗟《とっさ》に思い浮かべたやろ）

「な、何の……」

（惚《とぼ》けんでもええ……。正にぴったりの話やからなぁ）

「ど、どうして、それを……」

（そういう場所を、わざわざメタで取り上げる気はない――なんて言いながら、ほんまはええ題材になるて考えてたやろ）

「…………」

（あんとき、何が聞こえた……）

「あ、あんとき……？」

（あの真っ黒な電話の受話器を外して、お前、耳に当てたやないか）

「そ、そんなこと……」

（なぁ……何が聞こえた……）

「か、か、風のような……音……」

（ごうぅぅぅぅぅぅぅぅぅぅぅぅぅぅぅぅぅぅぅぅぅ…………いう音かぁ）

「あ、あぁ……」

（あれ……何処の、何の音や、思う？）

「し、知らん……」

（もう一遍、聞きとうないか）

「い、いや……」

（今、あの家の中や）

「お、お、お前……だ、だ、だ、誰……なん……や……」

（ちょっと待て……まずハンドル回して……それから……）

「や、や、止めろ……」

（よし、これでええ——）

「や、止めて……くれ……」

（ほら——）

「げぇ…………」

（赦犠赧犢赫犧赭赦牢赧牲赫牴赭赦牝赧牟赫牡赭赦牽赧犁赫犇赭赦犂赧犒赫犖赭…………）

「ああああああああああああああああああああああ…………」

（せやから、最初に言うたんや。お前をこっちへ呼びたかってんけど、ってな）

「はぁ、はぁ、はぁ、はぁ、はぁ、はぁ、はぁ…………」

（でもまぁ、こうやって通じたからええわ）

「はぁ……はぁ……はぁ……」

（こっちが、そっちへ行けばええねんからな）

「……えっ…………」

「来たで……」

灰蛾男の恐怖

一

　初対面の人に「仕事は何か」と訊かれ、「ホラーやミステリを書いています」と答えると、「それは一体どんな話なのか」と突っ込まれることが偶《たま》にある。ただ拙作の場合、この二つの要素が交じり合っているため、簡潔に説明するのが非常に難しい。一般の読者の中には、ホラーとミステリの区別ができていない人も結構いるため余計である。

　そこで僕は、敢《あ》えて全く違った方向から紹介するようにしている。

「昭和二十年代から三十年代の農山村や孤島などの閉鎖的な空間を舞台に、憑き物信仰や葬送儀礼といった民俗学的なテーマを題材にして、怪奇幻想色の強い探偵小説を主に書いています」

　これで相手が興味を示せば、もう少し詳しく刀城言耶《とうじょうげんや》シリーズについて話す。本来であれば、かなり特殊な世界観の小説になるわけだが、表面的には横溝正史作品に近く見えるためか、結局この説明が一番楽らしいと学習した結果である。

　いや、単に苦楽の問題だけではない。こう言うと、話し相手が年輩の人であればあるほど、ほとんどの方がその時代の思い出を語りはじめる。そういう現象が起こることに気付いたからだ。しかも、取り留めもなく湧き出る体験談の中には、不可思議で奇妙な出来事、恐ろしく奇っ怪な事件が、ぽつりと唐突に交じっていたりする。刀城言耶の怪異譚蒐集癖ほどではないが、その手の話に目がない僕にとって、これは嬉しい発見だった。

もちろん、そのためには延々と続く昔話に耳を傾けなければならない。また散々付き合った挙げ句、怪しい話は少しも出てこない場合もある。それでも戦後の混乱期から高度成長期を迎える時代を生きた人々の生の声を聞けるのは、とても貴重な経験に違いない。況《ま》して、そんな中に極稀《ごくまれ》にではあるが、とても悍《おぞ》ましい話が紛れ込んでいるとなると、尚更に……。

一昨年の晩秋だった。僕はS地方の温泉旅館に宿泊していた。Sという名を聞くと、誰もが港町を連想すると思うが、そのとき僕が選んだのは山中の宿だった。尤《もっと》も山といっても低山ばかりで、とても長閑《のどか》な風景が広がっている。周囲には喫茶店の一軒もなく、観光する場所もない。運動がてら散歩をする以外は、露天風呂に入って部屋で休むか、昼間っから酒を呑むか、読書を楽しむか、話し好きな仲居さんとお喋りをするくらいしか娯楽がない。でも、この何もできない即ち何もしなくても良いという状態が、とても寛《くつろ》げた。

そのIという旅館は、北側に連なる山に包まれるようにして、特徴的な三つの棟から成り立っていた。山の斜面に建てられた西の旧館は、急な階段と狭い廊下が建物内を縦横に走り、まるで巨大な蟻の巣に紛れ込んだ気分を味わえる。正面の本館は、宴会もできる大広間や落ち着いたバー、ゆったり湯船に浸かれる大浴場といった施設が充実しており、良くも悪くも一般的な宿屋と言えた。そして僕が宿泊した東の新館は、それぞれの部屋が独立した離れのような風情があり、各々に小さな庭と露天風呂が付いていた。そのため一日中でも籠っていることが可能だった。

部屋で過ごすのに飽きると、しばしば僕は館内を彷徨した。三つの棟は渡り廊下で繋がっていたが、何と言っても面白いのは、旧館と本館の間に延びている通路で、幾度となく歩いては楽しんだ。それが一本の架け橋ではなく、何本もの渡り廊下から構成されていたからだ。しかも緩《ゆる》やかな坂があるかと思えば、傾斜のきつい階段があったりと、とても変化に富んでいる。そういった廊下が延び、あるいは交差して三つの棟を繋いでいた。地形上の問題もあったろうが、渡り廊下の機能だけを考えれば、もっと単純な構造でも事足りたはずである。普通の建築物では排除される無駄な遊び心が、この中空の通路からは感じられたため、きっと僕は夢中になったのだと思う。

渡り廊下は夜になると、また違った顔を見せてくれた。天井から吊るされ、床にも置かれた竹細工の灯籠が、ぼうっと暗がりの中に廊下を浮き立たせ、何とも幻想的な眺めを現出させる。その様を本館から望んだり、直中に佇《たたず》み夜の闇を見詰めたり、渡りを楽しんだりと、僕は存分に浸った。

夜の渡り廊下を満喫した後は、そのまま旧館を散策した。急な階段と狭い廊下と薄暗い明かりの所為《せい》か、ここでは常に妙な圧迫感を覚えた。宿泊客と一人も行き会わないと、そこはかとなく恐怖さえ感じるほどである。もしかすると旧館に泊まっている誰もが同じ思いを抱き、風呂に入りに行く以外は部屋に籠っているのかもしれない。そんな邪推をしてしまうほど、館内に漂う空気は少し異様だった。だが、I旅館にはもっと尋常ではない場が、実は存在していたのである。

本館の北の山側には、まるで一般家庭の玄関のように見える小さな部屋があった。そこで下駄を履いて外に出て、石段を上がると露天風呂に着く。手前が男性用で、一段上が女性用だ。山の斜面に作られているため、こぢんまりした脱衣場と洗い場を除くと、周りは全くの自然に囲まれている。日が沈んでから独りで入っていると、ちょっと怖いような雰囲気が漂っており、その所為か夜になると入浴客がぱったりと途絶えてしまう。

露天風呂に続く石段の左右は背の高い垣根になっているのだが、ある日の夕方、左側の外に山道のようなものを認めて驚いた。夜だと全く気付かなかったが、日の光があると垣間見ることができる。ただし石段を天辺まで登っても、右手に女性用の脱衣場があるだけで行き止まりになる。外の山道に出られるわけではないらしい。

僕は少しがっかりした。でも、あの山道は何処《どこ》に通じているのだろう……という好奇心が、すぐに頭を擡《もた》げた。

入浴を取り止めると、早速旅館の外を探りはじめた。その結果、ようやく旧館と本館の間に設けられた源泉の湧出口の側に、それらしき一本の細い筋を見付けた。夕方とはいえ全く人気のない、ひっそりとした淋しい場所である。ここの温泉は自然湧出ではなく、地中に埋めた管を通して水圧により湧出させる掘削自噴か、ポンプで汲み上げる掘削動力揚湯の何《いず》れからしかった。よって、わざわざ見学する客もおらず、昼間でも近付くのは宿の者くらいに思えた。

それでも周囲を見回し、誰もいないことを確かめてから、僕は等閑《なおざり》に舗装された細い坂道へと歩を進めた。良い年をした大人が、私有地に不法侵入をするような後ろめたさと、未知なる地に足を踏み入れる興奮を味わいながら……。

坂道を上がって行くと、しばらくして足元が土に変化すると同時に、右手に垣根が現れた。やはり当たりを付けた山道だと分かる。幸い石段に露天風呂に向かう客の気配はなかったため、誰かが来る前にと思い早足で辿《たど》って行くと、やがて垣根が途切れた。

ところが、そこから道は九十九折《つづらお》りの如く急角度に左へ曲がり、尚も山の斜面を上へと延びている。文字通り山道と化した細い筋が、まだまだ続いていたのだ。

しかし、僕が目を奪われたのは、垣根の一番端に設けられた扉だった。近付いて調べると、鉄柵に溶接された鉄板の掛け金に南京錠が下がっている。つまり行き止まりに見えた石段の垣根の裏側に、この扉が存在することになる。もっと注意して観察すれば、垣根に切り込みを発見できたかもしれない。

奇妙な扉は、人知れず外から垣根の内側に入れるように作られていた。誰のために一体こんな……と考えたところで、自然と視線が山道の先へと流れた。

ここまで来たんだから――。

自分に言い訳をしつつ更に歩を進めて行くと、再び道は急角度に、ただし今度は右へ曲がっており、同じように斜面を上がっている。もう完全に九十九折りの状態だった。

宿の浴衣《ゆかた》を着て下駄を履いて来たことを、遅蒔きながら後悔した。かといって洋服と靴に替えるため、部屋まで戻る時間が惜しい。既に日は暮れ掛かっている。明日に延ばすという選択肢も有り得ない。そんなことをすれば今夜、気になって眠れないに違いない。

僕は一瞬の躊躇《ためら》いの後、そのまま山道を辿り出した。行けるところまで進んでみようと決心していた。

山道は思いのほか、しばらくは真っ直ぐ延びていた。右手には本館が、後方には旧館が望めたが、きっと僕の姿を認めている人は皆無だったと思う。左手は鬱蒼と茂った樹木の群れで、その様が歩を進める毎に濃密になってゆく。

と驚くべきことに、木々の間に建物のようなものが、ちらちらと見えはじめた。こんな場所にどうして……と急ぎ足になると、やがて木造の長屋の如き家屋が姿を現した。ただし、どう見ても廃屋である。ひょっとして旧館の前の宿屋かと考えたが、それにしては余りにも見窄《みすぼ》らしい。二つの間に差が有り過ぎるのだ。

そうか。もしかすると従業員の寮だったのかもしれない。

咄嗟《とっさ》に無難な考えが浮かんだ。ここはSの町からも離れているため、通うとなると大変だろう。長屋を思わせる造りも、旅館で働く人々の部屋だと見做《みな》せば納得できる。

でも、それで僕の気が済んだわけではなかった。なぜなら廃屋の前で山道は終わることなく、そこから尚も続いていたからだ。

まだ何かあるのか……？

辿って来た道を振り返ると、ここまでは許容範囲だと感じた。この寮で寝泊まりして旧館に出勤する人々の様子が、無理なくイメージできる。だが、これ以上もっと奥へと入ってしまうと、そう簡単には山を降りて来られないのではないか。そんな気がした。なのに道は延びている。

旧館の背後の山に沈まんとする夕陽を眺めながら、僕は立ち止まった。つい先程、行けるところまで進もうと決めたにも拘らず、ここから戻るべきではないかと迷っていた。

振り返ると、山道が続いている。ただ、十数メートル先で左手に折れているため、その先を窺うことはできない。

あそこまで行ってみよう……。

そこで奥へと更に延びるようなら、そのときは引き返そうと思った。

怖いほど赤茶けた夕陽を背に受け、ゆっくりと山道を進む。廃屋の前から前方の曲がり角までが、なぜか境界のような気がした。この山の内と外を分ける灰色の領域に、自分が足を踏み入れている感覚があった。

境界の端に達したところで、恐る恐る道の先を覗く。

まだ登っている……。

くねくねと蛇行しながら道は山の奥へと、尚も上へと続いていた。

そこからは何かに憑かれたように歩いた。迷いが消えたというより、この先で自分を待ち受けるものを想像し、微かな怯《おび》えさえ感じた。だが同時に、それに魅せられていたとも思う。蛇行する山道を上がりはじめてから、ずっと得体の知れないものに追われている気配もあった。この二つの奇妙な感覚が、ひたすら僕の歩を進ませた。

幸い足場は大して悪くなかった。晴れた日が続いたので泥濘《ぬかる》んでもいない。所々で顔を出す石に気を付けさえすれば大丈夫である。

しかし、下駄の不安定さが何とも言えぬほど心細い。もし走らなければならない羽目に陥ったら一体どうなるのか。何かに追い掛けられて逃げ出す場合は……。

咄嗟に立ち止まり、後ろを振り返る。山の魔物が尾《つ》いて来ているような気がした。厭魅《まじもの》か、山魔《やまんま》か、それとも……。

ぶるっと身体が震え、思わず浴衣の前を掻き合わせる。妄想を払うべく頭を振ると、僕は再び山道を辿りはじめた。

登りの傾斜が緩くなったところで、左に折れる枝道が現れた。先に目をやると、ビニールハウスの残骸に見えるものがある。ゆっくりと近付き、恐る恐る内部を改めて驚いた。大小の棚と幾つもの植木鉢がある。どうやら元は、草花を育てた温室だったらしい。

こんな山の中で……？

たちまち浮かんだ疑問は、ビニールハウスを通り抜けたところで、あっさり頭の片隅へと追いやられた。

目の前の地面には大きな亀裂が走り、そこに朽ちた橋が架かっていた。

足元に注意しながら下を覗くと、僅かに水が流れている。山の湧き水だろうか。ある程度の雨が降ると、ここは川になるのかもしれない。

それにしても……。

変なのは半ば倒壊した橋だった。よく神社で見られる太鼓橋に似て、和太鼓の胴のように全体が丸みを帯び、欄干が朱色に塗られている。ただし素人が作ったらしく、かなり歪《いびつ》な感じがする。そのうえ今は中央が陥没しており、とても渡れそうにない。

山道の分岐点へと引き返しながら、僕は自分が見た光景から、何かを連想しそうになっていた。

更に先へ進むと山道そのものが左に曲がっており、鬱蒼と茂る藪を抜けたところで、今度はプレハブの小屋が現れた。入口の戸は外れ、窓の硝子は割れたままという、こちらも残骸に近い有り様である。

この光景を目にした途端、さっき何を連想し掛けたのかが分かった。

ホラー映画だ……。

深い山や森に迷い込んだ主人公の前に、やがて廃墟かと見紛う家が姿を現す。やれやれ助かったと思って案内を乞うと、そこは殺人鬼の住処《すみか》だった……。そんな今までに何百本と観た映画のシーンが、ビニールハウスとプレハブの小屋の残骸に重なるのだ。

まさか……。

ホラー映画の多くは海外の作品だ。いや、そもそもフィクションなのだ。殺人鬼が秘かに棲む家など存在するわけがない。

小屋に足を踏み入れて、ぞっとした。何かの工房に見える部屋の至るところに、電動の鋸《のこぎり》、釘打機、電気ドリル、研摩機、金槌、鑿《のみ》、錐《きり》、鉋《かんな》といった大工道具が散らばり、切断された大きさも厚さもバラバラの板材が放置されている。

たちまち頭の中で、耳障りなチェーンソーの狂った音色が響き渡った。それは警告のベルでもあったと思う。

にも拘らず僕は、小屋の奥へと進んでしまった。そこにぽっかりと開いた戸のない口を眺めているうちに、怖いもの見たさの好奇心に負けたからだ。

プレハブ小屋から出ると、急に日が翳った気がした。薄暗い屋内から明るい外へ移ったはずなのに、逆のような気分を覚える。

　空を見上げて驚いた。夕焼けの赤茶けた色合いが随分と薄れ、黒に近い灰色の煤《すす》の如き闇が、かなり広範囲に広がっている。

　日が暮れてしまう……。

　愚図愚図していると、あっという間に辺りは暗闇に包まれ、山を降りられなくなる。そうなっては大変だと慌て、踵《きびす》を返して来た道を戻ろうとしたときだった。

　目の前の藪の向こうに、一軒の家を認めたのは……。

　地面を見下ろすと、再び土道が延びている。源泉の湧出口からはじまった一筋の道の終着が、恐らくあの家なのだ。

　残りの道程を辿ると、すぐ家の前に出た。それはプレハブ小屋と同じ大きさくらいの木造の家屋だった。見た目は山小屋風なのだが、そこまでの無骨さがない。かといって草庵と呼ぶには造りが厳《いか》めし過ぎる。そもそも家からは侘《わ》びと寂《さ》びではなく、怪しさと妖しさが濃密に漂っていた。

　廃屋か……。

　とても人が住んでいるようには見えない。曾《かつ》ては誰かが暮らしており、夜な夜な山道を下ると、あの露天風呂まで入りに行っていたのだろうか。

　それにしても何者が、こんな場所に、恐らくたった独りで、世間から身を隠すように生活していたのか。

酔狂にも何か手掛かりになるものを捜そうと思った僕は、玄関戸の前に立つと、扉のノブに手を伸ばした。

ミシッ……。

家鳴《やな》りがした。半ば朽ちた古い木造家屋のため、近付いただけで悲鳴を上げたらしい。

ミシッ……。

まただ。入る前からこの有り様では、かなり注意した方が良いだろう。

ミシッ……、ミシッ……。

家鳴りが近付いて来る——。いや、これは違う。これは、この響きは……、床の上を歩く足音ではないのか。

僕は回れ右をすると、脱兎の如く逃げ出した。背後で扉の開く物音と、家から何かが出て来る気配を感じたが、決して振り返らなかった。

ほうほうの体で旅館の玄関に辿り着いたが、仲居に「どうされました？」と訊かれ、泥だらけの浴衣と下駄に気付いた。「散歩中に転んで……」と口籠りつつ言い訳すると、急いで部屋へ引き上げ、手っ取り早くシャワーで汚れを落とした。そのうちに夕食となり、山中で覚えた戦慄を忘れるために食後も酒を呑み続けた結果、いつしか僕は板間の籐椅子で寝入ってしまったらしい。

目を覚ますと疾《と》っくに夕食の片付けは終わっていて、ちゃんと蒲団まで敷かれている。時刻は零時三十四分。

露天風呂は零時までだった……。

宿の規定を思い出した途端、入浴の準備をして部屋を出ていた。真夜中になるのを待って、山の上の住人が風呂に入りに来るのではないか。そう考えたからだ。

あんな怖い目に遭いながら、その対象に会うつもりなのかと自分でも呆れたが、抑え切れぬ好奇心に負けた。このままでは悶々《もんもん》として、とても眠れそうにない。

新館も本館も人気がなく、ひっそりとしている。例の玄関のような小部屋で下駄に履き替えると外に出て、石段を上がって行く。さすがに夜は肌寒かった。一気に酔いが醒め、瞬く間に身体が冷たくなる。

脱衣場は真っ暗だった。咄嗟に引き返そうかと思った。寒さに身を震わしながら、暗闇で裸になるのだ。余りにも無防備ではないか。ただ幸いにもと言うべきか、露天風呂には一箇所だけだが明かりが点っていた。

半ば自棄《やけ》気味に脱衣場へ入ると、勢い良く丹前と浴衣と下着を脱ぎ、手探りで籠に突っ込み、タオル一枚だけを持って風呂場へと向かった。後戻りができないよう、自分を追い込もうとしたのだ。このときほど己が猟奇者だと感じたことはない。

湯に浸かった瞬間、心地好い溜息が漏れた。つい先程まで覚えていた不安と恐怖が、すうっと薄れてゆく。冷えてしまった身体を温める湯の効果は、それほど絶大だった。

しかし、徐々に周囲の暗がりが気になり出した。脱衣場の側で一箇所だけ点っている明かりが、逆に露天風呂を包む闇の濃さを際立たせている。次第に落ち着かない気分になる。きょろきょろと絶えず周りを見回してしまう。

そのとき、ぼうっとした灯火が突然、山中に現れた。中腹よりも上の方で、ちょうどあの家があった辺りから、狐火のような光がゆらゆらと山を降りて来る。こちらへと少しずつ向かって来る。

やがて、ガシッ、ガシッ……と山道を歩いているらしき足音が、暗闇の中から聞こえてきた。それは、もう女湯の近くまで迫っていた。そして、キィィッ……と鉄の扉が軋むような、不快な音が響いて――。

真っ暗な脱衣場の中から、ぬっと人影が出て来た……。

二

こんばんは……。

驚かせてしまいましたかな。狐狸妖怪の類ではありませんので、どうぞご安心を。

どちらから？　東京？　ああ、ご出身は関西。儂も若い頃は、東京におりました……。

ええ、今は隠居の身です。いやいや、この宿とは関係ありません。ここの先代に……もう先々代になるのか……妹が嫁ぎましてな。玉の輿ですわ。その縁で、この山の離れに住んでおるんです。

尤も……妹も旦那も疾っくに亡くなりました。裏山に儂がいることは、昔から旅館に勤めている極一部の者しか知りません。こうやって夜中に風呂へ入りに来る以外、儂も滅多に山を下りませんしな。

さぞかし変わり者だとお思いでしょう。まぁ儂の住んでいる家をご覧になれば、益々その感を強くされるでしょうなぁ。

しかし、こう言っては失礼ですが、あなたも随分と酔狂ですな。こんな夜中に、たった独りで、この露天風呂にいらっしゃるとは。

ほうっ、怖い雰囲気がお好き？　お仕事は何を？　ああ、作家さんですか。どんなお話をお書きになるんで？

うーん、それは変わってますなぁ。いや、なかなか面白そうですが――。

その年代、儂は紙芝居屋をやっておりましたな。ええ、東京で。いいえ、都内ではなく武蔵茶郷《むさしさごう》の御屋敷町でした。日本に帰れたのは良いものの、何の仕事もなくて――。

えっ、戦時中ですか。ああ、中国山西省の陽泉という地域におりました。炭鉱会社ですよ。そりゃ恐ろしい体験をしたものです。八路軍の密偵が捕まると、拷問して吐かせたうえで首を刎《は》ね、道端に打ち込んだ太い杭の上に晒《さら》されるんですから……。女子供だけでなく、儂らも震え上がりましたよ。

けど、あなたがお聞きになりたいのは、こういった類の怖い話ではないでしょう？　もっと何というか……そう、怪談じみたお話ではありませんか。曾て儂が紙芝居で上演した「灰《はい》蛾《が》男の恐怖」のような……。

いや、ちょっと先走りましたな。当時、数社の紙芝居の貸元が、合同で帰国歓迎紙芝居慰問団を結成して、中国から引き揚げた者を収容した都内の寮で、紙芝居を行なった。実際は慰問の意味合いよりも、売人の勧誘目的が主だったわけですが、これだと儂は思った。ただ戦時中の様々な体験から、何かの組織に属するのは、もう懲り懲りでした。貸元は区毎に幾つもの支部があり、売人になると何処かに入る必要がある。この商売をやるためには、紙芝居の絵の交換と水飴などの仕入れのために、ほぼ毎日のように支部へ顔を出さなければなりません。

幸い儂には絵心がありましてな。とはいえ都内では縄張りがあって、勝手に紙芝居をやるわけにもいかない。そこで実家のあった武蔵茶郷に戻ることにした。儂には既に物語の腹案が浮かんどった。小学生の頃に観た紙芝居「怪奇と恐怖！　蝙蝠《こうもり》男の呪い」の記憶と、戦前に起こった子供の神隠しを題材にした筋立てが、漠然とながら頭にあったんですな。

この蝙蝠男というのは、単なるお話の世界の怪人ではありません。ええ、実在しておったというか、その頃そんな噂が広まったのです。ぶかぶかの大きな黒いマントを着た男で、小学生を攫《さら》うと恐れられた。ぶわっとマントを広げて子供を包み込むと、たちまち消し去ってしまう。

今から考えると噂と紙芝居、どちらが先だったのか……。しかし、あのとき子供たちは、本当に恐怖のどん底に叩き落とされました。そのため余計に「蝙蝠男の呪い」の紙芝居が繁盛し、また儂らが震え上がるという繰り返しだった気がします。

武蔵茶郷の地は当時、農家と下町と御屋敷町の大きく三つに分かれておりましたが、蝙蝠男が出没したのは、実は専ら御屋敷町の周辺でした。ですから儂ら下町の者が怯えるのは、お門違いだったわけですが……。

ほうっ、お分かりになりますか。ええ、儂だけは立派に恐れる理由があったんです。何しろ御屋敷町の方にまで遠征しておりましたから……。

えっ、かぼちゃ男？　武蔵名護池《なごいけ》でも数年前に、その地の御屋敷町で似たような事件があったんですか。そうそう、Sの町でも二十数年前に、やはり同じような悍《おぞ》ましい事件が起こりましたから、いつの世にも子供たちを虎視眈々と狙う怪人は、何処かに存在するのかもしれませんな。いえ、今からお話しするのは戦前の事件ではなく、儂が紙芝居屋をはじめてからの恐ろしい出来事です。

実家に戻り、紙芝居作りに取り掛かっていたときでした。灰色のお釜帽を被って灰色のマントを纏《まと》った男が、御屋敷町に現れては子供を襲うという噂が流れた。戦前に小学生だった大人たちは皆、曾ての蝙蝠男が舞い戻って来たと思った。戦争が終わって数年が経ち、ほとぼりが冷めたのを見取って、再び跳梁しはじめたのだと考えた。

もちろん儂はすぐに、この噂を紙芝居に取り入れた。ただし蝙蝠男のままでは余りにも芸がないため、灰蛾男を創り出した。最初は蜘蛛男にしたんだが、マントを広げる感じが羽を連想させるため、ぞっとする身近な虫として蛾を選んだわけです。

モスマン？　ほうっ、外国にも蛾に似た怪人がいるんですなぁ。うーむ……お話を聞く限りでは、そりゃ化物じゃないですか。いや、蝙蝠男と灰蛾男の場合も、本当に実在したのか、また同一の存在だったか、そういった問題は措《お》いておくにしても、マントの中身が共に人間だったとは限らないわけですが……。さすがに大人たちは、一種の変質者だろうと見做していた。でも、あの事件が起こってからは、得体の知れない魔物かもしれないと、本気で怯える人が増えたのは事実です。

儂は紙芝居を、ほとんど神社の境内で商っていました。都内の同業者は、公園が多かったと思います。しかし、神社も子供たちの遊び場ですし、何より上演する場所に困らない。

その日は節分でしたので、儂も行く先々の神社で随分と豆を貰いました。まぁ少しは撒いたものの、豆撒きのできない子供に上げようと考え、そのまま懐《ふところ》に仕舞ったのを覚えております。

下町からはじめて御屋敷町へと、いつも通り自転車で移動しました。農家？　ああ、最初から除外です。農山村の子供の多くは、現金を持っておりません。わざわざ回っても商売にならんわけです。

　御屋敷町に行く途中、鎮守の森がありましてな。くねくねと蛇行する砂利道を南側から辿ると、やがて石畳の境内に至る。その手前の西側には瓢箪《ひょうたん》の形をした池があり、境内の北側には御社《おやしろ》が祀《まつ》られている。そこから右手に延びる同じような砂利道を東へ進むと、御屋敷町に出る。森の中は昼でも薄暗く、余り気持ちの良いところでもないんですが、御社の辺りは頭上の樹木もぽっかりと空いており、天気さえ良ければ日差しが降り注ぐため、子供たちの遊び場になっていた。池には鴨と鮒が、石畳の境内には鳩が沢山おりました。戦時中でも食われてしまわなかったのは、そこが聖域だったからでしょうな。

　鎮守の森に集まるのは、ほとんどが御屋敷町の子でした。ですから儂も、まずここで上演します。それから御社までは来ない残りの子供を目当てに、町の方へと行くのが常でした。ただ、その日は鎮守の森に着いたのが、かなり遅かった。朝から回った神社が、何処でも節分の行事をやっていて、邪魔をしないように紙芝居をしていたからです。

　ええ、儂の目論みは当たりました。「灰蛾男の恐怖」はとても人気が出て、禿山にいるのを見たという子供まで現れた。禿山というのは、御社の斜め左手に延びる細い道を進むと、幾つかの大きな岩がごろごろと転がっている原っぱに出るのですが、その西側にこんもりと盛り上がった土の小山のことです。かなり淋しい場所なので、子供たちも少人数では絶対に近付きません。その禿山の上で、灰蛾男が羽のようなマントを広げて、笑いながら立っていたというのです。

いいえ、それまで灰蛾男が目撃されたのは、ほとんど御屋敷町の中でした。よって子供の妄想かもしれません。紙芝居の影響もあったでしょう。ただ、実は儂も子供の頃に、同じ場所で蝙蝠男を見て……。

いや、この話は後にしましょう。いつまで経っても本題に入れませんからな。

紙芝居を終えたのは、もう夕方でした。御屋敷町の子たちは、さっさと帰って行きます。そんな中に一人だけ、下町の子がおりました。船越《ふなこし》という酒屋の三男で、後から名前が和夫《かずお》だと知りました。彼は決して下町の神社では観ようとせず、いつも鎮守の森まで足を運んでおったのです。

子供の頃の儂もそうでした。御屋敷町の子に対する憧れがあったのは確かですが、何よりも紙芝居の観賞が落ち着いてできた。上演する場所によって、本当に驚くほど子供たちの質が違いましたからなぁ。工場地帯は柄が悪く、繁華街は悪擦れしている。商家の多い町は如才がなく、山の手は遠慮がちで大人しい。野次が飛ぶところもあれば、ひたすら静かで行儀の良い場所もある。鎮守の森は後者だったわけです。

儂は一緒に帰るかと、和夫に声を掛けました。御社から南の道を辿るのは、儂ら二人だけです。でも、彼は首を横に振った。恐らく帰っても、配達の手伝いがあったからでしょう。まだ小学校の中学年らしい彼にとって、酒屋の配達は重労働です。見た目が年齢よりも小柄で貧弱そうでしたから、余計に堪《こた》えたんでしょうな。

　とはいえ日が暮れ掛けている鎮守の森に、小さな子供だけ残していくのも気が引けました。灰蛾男が怖くないのかと訊くと、そんな化物がいるわけないと、年齢の割には冷めた答えが返ってきた。彼にとっては怪人よりも、家の仕事の方が厭《いと》わしかったのかもしれませんな。

　禿山には行かないこと、暗くなる前に帰ること、この二つを約束させて儂は和夫と別れました。こちらも上演の仕事が終わっただけで、新たな紙芝居を描かなければならない。子供相手に油を売っていられません。

　南の道を戻りはじめると、向こうからお巡りさんが自転車でやって来た。下町にある派出所の権藤《ごんどう》巡査で、ちょっと因縁のある人でしたから、挨拶をして擦れ違った。

　さて、ここからが肝心な話です。家に帰って幾らもしないうちに、この権藤巡査が訪ねて来て、儂は警察署に連れて行かれた。鎮守の森の瓢箪池の側で、和夫が殺されたからです。両手で首を絞められて……。

　ええ、仰る通り儂が疑われたんです。「灰蛾男の恐怖」という怪し気な紙芝居を上演していたことも、警察の心証を悪くしたんでしょうな。

　ところが、その警察が、あの権藤巡査の証言が、図らずも儂を助けることになったのですから……。いや、順立ててお話ししましょう。

儂が鎮守の森に着いたのが、四時半くらいです。水飴を子供たちに売ってから紙芝居をはじめ、終えた後で片付けをして御屋敷町の子らを見送り、和夫と二人で残った頃には、もう五時を十分ほど過ぎておりました。南の道で権藤巡査と擦れ違ったのが、五時十五分頃らしいのですが、瓢箪池の側をお巡りさんが通ったとき、まだ和夫の遺体はなかったということです。

はい、御社の前にも何処にも、和夫の姿は見えなかったそうです。そうなると儂との約束を破って、禿山の方に行ったとしか考えられません。恐らく彼は、誰かが自転車に乗って南の道から来る気配を察したのでしょう。お巡りさんかもしれない。そう思った可能性は大きい。鎮守の森の中を抜けるのは、権藤巡査の警邏《けいら》の道筋に入っておりましたからな。いつも森に来ていた和夫なら、それを知っていてもおかしくない。見付かれば、きっと早く帰れと言われる。だから身を隠した。警察の見立ても大凡《おおよそ》こうでした。

御社の前から東の道に入った権藤巡査は、途中で大貫《おおぬき》という下町の豆腐屋と擦れ違った。この人はリヤカーを引きながら御屋敷町まで行商に行った帰りだったわけですが、このとき五時二十分頃だった。それから数分後、「お巡りさーん！」と叫ぶ豆腐屋の大声を耳にした権藤巡査が引き返してみると、石畳の境内と瓢箪池の間に倒れた和夫の姿があったわけです。時刻は五時二十五分でした。

大貫の話によると、境内が見えたところで、池の側に倒れている子供に気付いたと言います。鳩が身体を突ついていたため、慌てて追い払ったものの、素人目にも死んでいるのが分かった。権藤巡査と擦れ違ったばかりだったので、大急ぎで呼び戻したらしい。

つまり五時十分過ぎから二十五分前の、ほんの十数分足らずの間に、和夫は殺されたわけです。直前まで一緒にいた儂が疑われたのも、まぁ無理はありません。でも、儂が犯人なら権藤巡査が和夫の遺体を見付けたはずです。仮に南の道で巡査と擦れ違ってから、彼の後を追うように急いでこっそり戻っても、ちょっと犯行は不可能でしょう。どう考えても豆腐屋に見られてしまう。では、その大貫が犯人かというと、わざわざ権藤巡査を呼び戻した理由が分かりません。

儂が鎮守の森の南口から出たとき、夫婦者らしい一組の男女と、ちょうど入れ違いになったのですが、この二人が御社まで辿り着くには、まだ時間が掛かりました。もちろん豆腐屋は、そんな二人連れが向かって来るとは知りません。でも彼が犯人なら、取り敢えず和夫の遺体を御社の裏か、または禿山の裏にでも隠して、それから立ち去ったはずです。いきなり巡査を呼び戻す必要など、全く見当たらない。

権藤巡査が現場の見張り役に豆腐屋を残し、南の道を派出所に取って返す途中、この二人連れ――やはり夫婦だったようですが――に出会った。儂と擦れ違ったことを確認してから、他に誰か見ていないかと尋ねたが、「紙芝居屋さん以外には、何方《どなた》も御社の方からは来ていません」という。

この証言で、やはり儂と大貫が怪しいと睨まれた。動機？　ああ、二人とも変質者だと思われたんですな。当時、警察が何処まで灰蛾男の実在を認めていたかは知りませんが、その正体が我々の一人ではないかと疑ったんでしょう。特に儂は紙芝居の内容が問題なうえに、それを自分で創っていたわけですから、どうしても豆腐屋より分が悪かった。

ええ、ですから犯行は不可能と分かって、どれほど助かったことか……。大貫も犯人と考えるには不自然な点が多過ぎると、まぁ認めて貰えたようです。あの日は、普段よりも鎮守の森を通る人が多かった。それが二人には幸いしたと言えましょう。

警察が重点的に禿山の一帯を調べた結果、その裏の藪の中から小さな柳行李が見付かった。開けてみると、犯人のものと思われる灰色のマントやお釜帽や衣服が出てきた。禿山の裏には獣道のような細い筋があり、鎮守の森の西の端まで延びていた。その秘密の道を変質者は通り、禿山で灰蛾男の衣服に着替えると、そこから御屋敷町へ向かっていたのでしょう。

和夫は不運にも、禿山の裏から姿を現した灰蛾男と出会ってしまった。慌てて逃げたものの池の側で追い付かれ、そこで殺されてしまう。その直後、誰かが来る気配を——豆腐屋ですな——察した犯人は、急いで禿山へと戻り、元の姿になって獣道を逃走した。そう警察は考えたのです。

ところが、すぐに奇妙なことが分かった。獣道を辿って西に進むと、やがて鎮守の森から出るわけですが、そこに小さな祠《ほこら》が祀られている。その前で、二人の老婆が立ち話をしていた。警察官が森の中から現れると、とても仰天したそうです。訊くと、五時前から延々と話し込んでいるという。その間は何人《なんぴと》であろうと、森に出入りした者はいないと断言した。かといって獣道から外れて、何者かが森に踏み込んだ痕跡は皆無でした。それは下町から延びる南の道にも、御屋敷町に通じる東の道にも、全く同じことが言えた。

灰蛾男は和夫を殺害した後、何処にも逃げ場のない鎮守の森から、忽然と姿を消してしまったのです。

下町も御屋敷町も大騒ぎになりました。当日が節分だったことから、本当に鬼が出たという噂が瞬く間に広がった。

儂は早速「人か鬼か？　黒い森の魔物」という紙芝居を創って、またしても子供たちを恐怖のどん底に突き落とした。つまりは夢中にさせたわけですが、警察からはこっぴどく叱られましたな。すぐに上演は中止に追い込まれた。もちろん「灰蛾男の恐怖」も駄目です。仕方なく黒岩涙香の『幽霊塔』を換骨奪胎したようなお話を考えましたが、この頃から紙芝居に対する熱意が、もう冷め掛けていたのかもしれません。

言うまでもなく警察は、灰蛾男も節分の鬼も端《はな》から相手にはしなかった。飽くまでも変質者の仕業だと考えた。鎮守の森が密室状態だったことも、大して問題には思っていなかったようです。権藤巡査の勘違いや見落とし、言わば失策だと捉えた。

実は先程ちょっと話し掛けたのですが、戦前にも似たような出来事がありましてな。

その当時、儂は和夫と同じくらいの年齢でした。彼と同様、下町の連中に交じって紙芝居を観るよりも、御屋敷町の子供たちと一緒に楽しむ方を好んでおりました。ええ、その頃から鎮守の森は、紙芝居の格好の舞台だったのです。

初冬のある日、いつもより遅く紙芝居が終わりました。御屋敷町の子は、仲良く手を繋いで帰って行く。紙芝居屋もそそくさといなくなる。気が付けば儂だけが、ぽつんと残っていた。面白くて怖くて楽しい一時《ひととき》が幕を閉じた後、とぼとぼと独りで家路を辿るのが堪らなく嫌だった。特に鎮守の森で御屋敷町の子供たちと一緒だったときは尚更です。儂の実家というのが——いや、そんなことまで喋ると話が長くなる一方ですな。家に帰るのが苦痛だった。そうご理解下さい。

まだ日があると思った儂は、ぶらぶらと禿山に向かいました。怖くなかったと言えば嘘になるが、他に行くところがない。御社の前にいるのを顔見知りの行商人に見付かれば、間違いなく親に伝わりますからな。

禿山のある原っぱには、奇妙な形をした大きな石があちこちに転がり、何とも言えぬ寂寞とした雰囲気がいつも漂っておりました。そんな岩の間を彷徨しながら、儂は独りで様々な空想に耽っていた。その多くは紙芝居のお話の続きを、勝手にあれこれと想像して創ってしまう遊びで、熱中すると時間が経つのも忘れるほどでした。

ふと気付いたときには、ついさっきまで輝いていたはずの木漏れ日が、正にすうっと消え去る瞬間でしたな。辺りが翳《かげ》って薄暗くなったのを認めた途端、禿山の雰囲気が一変した。寂として物悲しい眺めから、肌寒さを感じて身震いが出るほど忌まわしい光景へと、急に変化を遂げたのです。

　さすがに怖くなった儂は、慌てて御社まで戻ろうとして、何処かで藪が揺れているのに気付いた。

　ザワザワッ、ガサガサッ……。

　風は吹いていない。動物だろうか。でも野良猫や野良犬ではない。もっと大きな何かだ。けど、そんな大きなものなんて――と思っていると、禿山の向こうからそいつがぬっと姿を現した。

　頭は真っ黒な丸い塊で、耳のようなものが左右からとんがって突き立っている。両目に当たる部分は網目になっていて、まるで昆虫の複眼に見える。口の辺りには簾《すだれ》の如き黒い幕が垂れ、ふるふると微かに揺れている。首から下は真っ黒なマントに覆われ、どうなっているのか全く分からない。

　蝙蝠男……。忽《たちま》ち儂は震え上がった。しかし身体が動かない。逃げ出したいのに立ち尽くすばかりで、どうにもならない。そうしている間にも、そいつは禿山から下りると、ゆっくりと近付いて来る。もう怖くて怖くて仕方がない。けど、本当に恐ろしかったのは、目の前に立った蝙蝠男が、いきなりバッとマントを広げたときでした……。

ああっ……、大丈夫です。今でも、あのときのことを思い出そうとすると、目眩《めまい》を覚えましてな。いや、実際には何も覚えておらんのですが……。ええ、マントの中に何を見たのか、その後どんなことが起こったのか、全く記憶がありません。ただ、とても忌まわしい何かを体験したという……ぞっとする感覚だけは、いつまでも残り続けました。

我に返ったのは、誰かに身体を揺すられたからです。悪夢から覚めた気分で目を開けると、三加和《みかわ》という年輩の巡査と、大貫の豆腐屋の親父が心配そうに、儂を覗き込んでおりました。そうです。和夫が殺されたときに容疑を受けた大貫の、それは親父です。選りに選って親子二代で、蝙蝠男と灰蛾男に関わったことになりますな。

三加和巡査は南の道から、大貫の親父は東の道から、それぞれ御社に向かっていた。そろそろ石畳の境内が見えるという地点で、二人とも子供の叫び声を耳にした。それで慌てて駆け付けたところで、お互いを認めた。一緒に禿山まで来てみると、まるで生気をなくしたような表情で、呆然と儂が立ち尽くしていた……。

何があったのかと訊かれたので、蝙蝠男の話をしました。二人は半信半疑のようでしたが、まだ三加和巡査の方が信じてくれた様子でした。そこへ禿山の裏から権藤巡査が現れたのです。まだ巡査になったばかりの若い頃で、どうやら自分独りで蝙蝠男を捕まえ手柄を立てようと考えたらしく、獣道を探っていたと言います。

ところが、鎮守の森の西の端から禿山に来るまでの間、権藤巡査は誰にも出会っていない。それは三加和巡査も大貫の親父も同じでした。つまり蝙蝠男は、逃げ場のない森の中から忽然と姿を消したことになる。

この不可思議な状況が明らかになった時点で、儂の目撃談は信憑性を疑われてしまいました。普段から空想癖が強かったため、余計にそう思われたんですな。しかし、それから現実に御屋敷町の子供が行方不明になる事件が立て続けに起き、儂の話が俄《にわか》に注目された。その結果、新米の権藤巡査が重大な見落としをしたに違いない、そんな噂が流れました。

この戦前の、もう十数年も前の風評が、灰蛾男の事件で蘇った。権藤が未だに平の巡査だった事実も、恐らく噂の後押しをしたのだろうと思います。

結局、戦前の行方不明事件と同様、鎮守の森殺人事件は迷宮入りになりました。いえ、和夫の後で襲われた子供はおりません。灰蛾男を見たという子は何人も出ましたが、それが本当だったのかどうか……。

いやいや、どうも怪談をお話しするつもりが、いつの間にかスリラーのような内容になってしまって……。

ほうっ、楽しんで頂けましたか。それは何より……あっ、どうされました？　大丈夫ですかな……？

三

露天風呂の一番奥で奇っ怪な話が続く間、僕は逆上《のぼ》せそうになるたびに湯から出ては、周囲の平らな岩の上に腰掛けた。でも、片田舎の晩秋である。しばらく夜風に身を晒していると、腹の底から冷えてくる。そこで再び風呂に入るのだが、そんな行為を繰り返しているうちに気持ち悪くなってきた。

脱衣場からバスタオルを取ってくると肩に羽織り、両足だけを湯に浸けることにした。

老人は僕の心配をしながらも、自分は一向に露天風呂から出る気配がない。そのうち倒れるのではないかと、こちらが本気で不安を感じはじめたときだった。

「これらの奇妙な事件を題材に、あなたが小説を書かれるとすれば、一体どんな話になるのでしょうな」

唐突に、そう訊かれた。

「小説ですか――」

少し気分が増しになった僕は、実際この話をネタに使う場合を考えながら、

「怪奇小説として書くのなら、恐らく子供の目線から、蝙蝠男と灰蛾男の恐ろしさをストレートに描くと思います」

「ほうっ」

「ただ、なぜ怪人が二人もいるのか、その辺りの説明は必要でしょうね」

「一体どんな関係があるのか……とか」

「はい。鎮守の森は聖なる空間ですが、設定次第によっては、化物や魔物を棲まわせることは可能です。その処理さえ上手くできれば、どんな怪人でも登場させられます。とはいえそれが二人となると、そこに別の工夫がいるでしょうし、魔物が二人ならではの面白さが、物語に反映しないと駄目だと思います」

「ほうっ、なかなか難しいですな」

「いえ、必ずしも完全な説明はいりません。それは逆に興醒めですから。結局は雰囲気が一番大切になります。特に怪奇幻想系の作品は、化物や魔物が出没してもおかしくない気配が漂っていれば、もう九割は成功したと言えます。いえ、そんな断言ができるほどベテランではないのですが……」

つい熱く語ってしまったことを恥じていると、老人は急に身を乗り出すようにして、

「では、もし探偵小説としてお書きになった場合は、如何《いかが》です？」

「そうですね……。猟奇的な連続殺人を起こすのは、ひょっとすると怪奇小説でもやるかもしれません。ただ探偵小説となると、蝙蝠男と灰蛾男が何者だったのか、その正体を最後に暴く必要があります」

「化物や魔物でした……で済ますわけにはいかないと？」

「そういった解釈が、探偵小説では絶対に不可能だとは、僕は思っていません。もちろん、かなり困難な試みになりますが——あっ、こんな話はご退屈でしょう」

「いやいや、大変興味深い。ただ儂に理解できるかどうか……。それに申し訳ないのですが、儂が知りたいのは、正に蝙蝠男と灰蛾男の正体なのです」

碌《ろく》に相手の顔が見えない暗がりの中で、こちらを老人が凝《じ》っと見詰めているのが分かる。その気配が、まるで僕に犯人捜しを期待しているようで妙に居心地が悪い。

「それは……、やはり当事者ですからね」

「あなたは、どう思われました？」

「えっ……」

「蝙蝠男と灰蛾男の正体ですよ」

「し、しかし手掛かりが……。いえ、事件については細部まで非常に分かり易くお話し頂き、よく覚えておられるなと本当に感心しました。でも、当て推量ならともかく、論理的な推理をして犯人を突き止めるのは——」

「ほうっ、憶測とは言え、既に犯人の目星は付けておられるのですな」

これは語るに落ちたと言うべきなのだろうか。いつしか僕は、この不可解な事件の謎解きをする羽目になっていた。

「是非お考えをお聞かせ頂きたい」

「はぁ……」

期待に満ちた声音に、ほとほと困った僕は、最初に老人が自分の体験談を小説にするのなら――と口にしたのを思い出し、それを逆手に取ることにした。

「こうしませんか。お話し頂いた事件を、仮に僕が題材にして小説を書くとしたら、どんな結末を付けるのか――その仮定の下《もと》で、僕なりの解釈を述べるというのは？」

「もちろん結構です」

満足そうな老人の声が返ってきた。

「では、飽くまでもお話の上で、ということにさせて頂きます」

そう断わりながらも僕は、厄介な事態になったと心の中でぼやいた。だが、これは老人の貴重な体験談を聞かせて貰った、その御礼だと考えることにした。

「蝙蝠男と灰蛾男、二つの事件で最も怪しいのは、どう考えても権藤巡査だと思います」

「現職の警察官が？」

「それが隠れ蓑になっていたため、一番単純な解釈に誰も気付かなかった――とも考えられます」

「あのとき禿山で彼は、儂を何か恐ろしい目に遭わした後、三加和巡査と大貫の親父が駆け付ける前に、蝙蝠男から巡査の姿に戻り、たった今、獣道から出て来たように見せ掛けたというわけですか」

「権藤巡査の一人二役と考えない限り、蝙蝠男の不可解な消失の説明はできません」

「動機は……いや、そういった性癖を持っていたのか……。儂に記憶がないのは、もしかすると感謝すべきことなのかも……」

後半の老人の台詞には敢えて触れずに、僕は独自の解釈を続けた。

「当初は権藤巡査も、蝙蝠男の格好をして子供を脅すだけで満足していた。いえ、そもそも蝙蝠男の扮装は、そんな噂を耳にしてから用意したとも考えられます」

「子供たちの空想が先だった……？」

「はい。だとすれば戦後になって、蝙蝠男が灰蛾男に変化したのも頷けますよね」

「儂が子供らの噂をヒントに、『灰蛾男の恐怖』という紙芝居を創ったのと同じく、権藤巡査も新しい怪人を誕生させたわけですか」

「蝙蝠男では戦前の出来事が蒸し返され、下手をすると自分に不利だと思った可能性もあります」

「蝙蝠男と灰蛾男は別人――そう見做して欲しかったのですな。それにしても一体あの日、鎮守の森では何があったのでしょう？」

好奇心を露《あらわ》にする老人に対して、僕はなるべく落ち着いた口調で、

「戦時中は抑えられていた権藤巡査のある衝動が、戦後になって再び目覚めはじめた。そこ

で戦前と同じ方法で、何とか自分を宥《なだ》めていた。ところがその日、境内に一人だけいる和夫君を認めた瞬間、彼は我慢できなくなった。気が付くと少年を手に掛けていた」

「…………」

「もしかすると権藤巡査は、あなたに罪を着せようとしたのかもしれません」

「ほうっ……」

「でも、少年を殺害した直後に、東の道から御社へと向かって来る何者かの気配を、彼は察したのだと思います」

「大貫の親父ですか」

「南の道も東の道も、どちらも蛇行しているため先は見えません。ただし砂利道ですから、徒歩でも自転車でもリヤカーでも、何らかの音は響くのではないでしょうか」

「ええ、その通りです」

「咄嗟に権藤巡査は考えた。子供の遺体を隠している暇はない。仮に自転車の荷台に乗せ、禿山へ続く道に駆け込んだとしても、東の道から来る誰かに、後ろ姿を目撃されないとも限らない」

「なるほど」

「そうなると、取るべき道は三つです。まず南の道を戻る場合ですが、万一あなたが引き返して来れば、その時点でお終《しま》いになる。次に獣道を逃げた場合は、あなたに姿を見られているうえ、東の道から来る誰かが自分とは擦れ違っていないと後で証言すれば、やはり追い詰められてしまう。当初の予定通り東の道を進んだ場合はどうか。こちらに向かって来る誰かと出会った後で犯行は為され、犯人は獣道から逃走した。そういう状況ができるではないか。ここは一刻も早く現場から立ち去り、東の道を辿るのが得策だ。恐らくそう考えたのでしょう」

「はあぁ……大したもんですなぁ。まるで権藤巡査の告白を聞いているようです」

「いえ、飽くまでも創作ですから」

慌てて首と右手を同時に振ったが、その仕草を老人は謙遜と受け取ったようで、

「いやいや、どうして。なかなか説得力があります」

「これが他の人なら、そんなに上手くいかなかったと思います。犯人が警察官だったからこそ通用したのでしょうね」

「正に隠れ蓑ですなぁ」

感嘆するように呟いた後、しばらく老人は沈黙した。それから徐《おもむろ》に、

「東京にお帰りになったら、折角ですから儂の拙《つたな》い話を基にして頂いて、一つ小説をお書きになっては如何です？」

「はぁ……」

「それともこんな事件では、とても小説の題材にはなりませんかな」

「いえ。事件はとても魅力的だと思います。ただ、この結末ではどうも……」

僕が口を濁していると、老人は怪訝そうな声音で、

「しかし、権藤巡査が犯人ということで、全ての説明は付いているじゃありませんか。それとも、他にも解釈が考えられると仰るのですか」

「はい……」

「ほうっ……、教えて下さい。何ですか、それは？」

「あなたが真犯人だった──という解釈なんですが」

再び老人が黙り込んだ。彼の周囲の暗がりが、急に濃さを増したように見えた。

「何を仰るのかと思えば──」

だが、すぐに老人は口を開くと、

「儂は蝙蝠男に襲われた、被害者ですぞ」

「もしかすると蝙蝠男は、権藤巡査だったのかもしれません。しかし灰蛾男の正体は、あなたではないですか」

「…………」

「もしくは蝙蝠男など、最初から存在しなかった。全てはあなたの妄想だった。いえ、こうも考えられます。蝙蝠男は実在した。しかも、それは鎮守の森に棲む本物の魔物だった」

「聖なる森に……ですか」

「いずれにしても蝙蝠男と遭遇したばかりに、あなたは魔に憑かれてしまった」

「それでは怪奇小説ではありませんか」

「戦前のあなたの体験を題材にするのなら、僕は怪奇譚に仕立てるでしょうね」

「では、戦後の殺人事件はどうなります？　真犯人は儂だと仰ったが、犯行が不可能だったことは、権藤巡査が証言している。まさか共犯などと――」

「いいえ、あなたの単独犯です。もちろん計画殺人ではありません。飽くまでも衝動的な犯行だったと思います」

「ほうっ……」

「まず如何に記憶がないとはいえ、過去に悍ましい体験をした禿山の近くの境内で、そもそも紙芝居を上演していたのが変です。しかも内容が、本来なら忌むべき存在である蝙蝠男と非常によく似た灰蛾男の話なのですから、余計に妙ではないでしょうか」

「なるほど」

「夕暮れ時の淋しい鎮守の森で、あなたは和夫君と二人だけで境内に残った。普段の森の中は、大して人通りがなかったと伺いました。今ここで和夫君を手に掛けても、誰にも見付かる心配はない。そうあなたは考えた」

「ところが、すぐ権藤巡査がやって来た？」

「ええ。きっと砂利道を走る自転車の音が聞こえたのでしょう。遺体を隠している暇はない。

この辺りの追い詰められた心境は、先程の権藤巡査犯人説で述べた推理と同じになりますから、繰り返しませんが」

「ああ、そうですな」

「悩んだ結果、あなたは最も自然に見える行動を取った。南の道を戻ると、下町に帰ったのです」

「実際にそうしましたが、それでは和夫の遺体が、権藤巡査に見付かってしまうじゃありませんか」

「和夫君に、節分の豆を上げましたか」

「何ですって？」

「その日は節分でした。朝から神社を回ったお蔭で、あなたの手元には結構な数の豆が集まっていた。それを豆撒きのできない子供に上げるのだと仰いましたよね。その子とは、和夫君ではなかったのですか」

「ああ、そのつもりでしたが、すっかり忘れてしまって――」

「いいえ、あなたは和夫君に与えたのです」

「ほうっ……」

「ただし生きている彼にではなく、瓢簞池の側に倒れた彼の遺体の上に、節分の豆をばら蒔いた。なぜなら境内に沢山いたという鳩を呼び寄せ、一時的に遺体を隠そうとしたからです」

「ほうっ……」

「和夫君は年齢の割には、小柄で貧弱そうだったといいます。ある程度の数の鳩が集まれば、その小さな身体は充分に隠すことができるわけです」

「ほうっ……」

「神社に鳩は付き物ですし、普段から鎮守の森の境内に沢山の鳩がいることは、権藤巡査も認識していたはずです。だから少しくらい群れていても、特に不自然には映らなかった」

「ほうっ……」

「豆腐屋さんが和夫君を発見したとき、鳩が遺体を突ついていたので、慌てて追い払ったと証言しています。ほとんどの鳩は、権藤巡査が通り過ぎてから豆腐屋さんが来るまでの間に豆を食べ終えて移動したのでしょう。でも数羽だけ残ってしまった。それを豆腐屋さんは見たわけです」

「ほうっ……」

「――という創作くらいは、するかもしれませんね」

「ほうっ……」

老人の、ほうっ……という相槌が耳に付き、どうにも居た堪れなくなったところで、その姿がすっかり暗闇に呑まれていることに気付いた。黒々と波打つ露天の湯に、まるで溶け込んでしまったかのように……。

同じ風呂に両足を浸けているのだと思った途端、ぞわぞわっと足の裏から震えが、一気に首筋まで駆け上がった。

「ほうっ……」

こちらが口を閉ざしているのに、なぜか老人の相槌だけが暗がりから聞こえてくる。

「お、お先に……」

失礼します——と湯から出て、足早に真っ暗な脱衣場へと向かう。

「ほうっ……」

透かさず老人の相槌が、後ろから追い掛けて来た。

身体は乾いたというより、すっかり冷えきっている。バスタオル一枚を羽織っただけで、夜風に当たっていたのだから当たり前だ。慌てて脱衣場に駆け込む。

「ほうっ……」

老人の声が、露天風呂の半ばくらいで聞こえた。一番奥から手前へと、明らかに移動している。なのに湯が波立つ音が、全く聞こえない。

僕はバスタオルを投げ出すと、急いで新しい下着を身に着け、浴衣に腕を通し、丹前を羽織った。そして脱ぎ捨てた下着とタオルを手に持ち、脱衣場から出ようとした。

「ほうっ……」

そのとき、真後ろで声がした。咄嗟に振り返ると、露天風呂へと出る戸口に、真っ黒な影がぬっと立っていた。

脱兎の如く脱衣場を飛び出した僕は、もう無我夢中で石段を駆け下りた。もちろん下駄など履いている暇はない。裸足でだ。本館に入ってもスリッパを蹴飛ばし、そのまま廊下を新館の部屋まで走り続けた。

ようやく落ち着けたのはウイスキーを生《き》のまま呑み、腹の中がカッと熱くなってからである。いや、それから温かいシャワーを浴びて、新しい浴衣に着替えた後だろうか。

その夜は蒲団に潜り込んだまま、ひたすら震えて眠った。

翌朝、いつも給仕してくれる年輩の仲居さんに、裏山を散歩したことを何気なく話題にした。

「あれっ、お客さん、あんなところに行かれたんですか」

長屋のような建物のことを訊くと、やはり旧館時代の従業員宿舎だったという。

「もう随分と、ああやって放ってあるままなんですよ」

会話の流れに乗って飽くまでも自然に、更に奥で目にした温室とプレハブ小屋と小さな家屋について尋ねる。

「嫌だ……まぁお客さん、あんな奥まで入られて……。気を付けて下さいね。お怪我でもなさったら大変ですから」

誰か住んでいるのかと、こちらの動揺を悟られないように問い掛ける。

「先々代の奥様の、何でもお兄さんだという人が、長い間あそこで暮らしていたらしいんですが……。いえ、私も詳しいことは知りませんで——」

暮らしていた……？

過去形なのかと驚き、慌てて確かめると、

「ええ。それがお客さん、何年か前に、夜中にろて……」

そこで急に口籠ると、後で片付けに来ますからと言いおいて、そそくさと出て行ってしまった。きっと彼女は、こう口にしたかったのだろう。

何年か前に、夜中に露天風呂で溺れ死んだんですよ……。

その日の午後、僕は予定を切り上げて東京に戻った。

二十数年前にSの町で起こったらしい、子供が被害者の殺人事件について調べるべきか、実は未だに迷っている。

(三) 愛犬の死

これは筆者が、体験者から直に聞いた話である。

Dさんは当時、結婚五年目だった。彼も奥さんも子供が欲しいと思っていたが、なかなかできない。その代償行為だったのか、奥さんの実家では犬(ポメラニアン)を飼っていたので、しばしば二人は犬を自分の家で預かっては、まるで我が子のように可愛がっていた。

その犬は高齢で、同種の同年齢の犬と比べても小さく、非常に弱々しかった。やがて犬の毛が抜けはじめたので獣医に診せると、こう言われた。

「この犬は飼い主の愛情だけで生きています。注射をしても良いのですが、そのショックで寿命が縮まるかもしれません。このままの状態で飼って上げるのが、一番良い対処法だと思います」

そこでDさん夫婦は、それまで以上の愛情を犬に注いだ。しかし三年ほど経ったところで、遂に犬が死んでしまった。Dさんも奥さんもショックの余り、お互い一週間ほど口がきけなかったという。

しばらくして、奥さんが妊娠していることが分かった。二人はとても喜んだ。ようやく笑顔が戻った。

　やがて奥さんは、男の子を無事に産んだ。このときDさんは、ふと何の気もなしに数えたのだという。すると赤ちゃんの誕生日が、愛犬が死んだ日から数えて、ちょうど十月十日後に当たることに気付いた。

　この事実に、Dさんは愕然とした。なぜなら奥さんが懐妊したはずの時期に、二人の間に一切の性交渉がなかったからだ。次第に衰弱する犬、遂に迎えたその死――という状況の中で、お互いそんな気には到底なれなかった。

　合理的に考えれば、問題の時期に奥さんが浮気をした、という解釈が成り立つ。余りにも失礼だとは思ったが、その可能性を言葉を選んで尋ねてみた。だが、Dさんは有り得ないと首を振った。

「妻を信じているとか、そんな女ではないという理由からじゃないんです。彼女が犬に注いでいた愛情を、俺は目の当たりにしてますから。まず浮気する余裕なんか、これっぽっちもなかったでしょうね」

　Dさんは、我が子が愛犬の生まれ変わり――少なくとも犬が、自分たちに授けてくれた子供――だと信じている。

後ろ小路の町家

数年前に、『百蛇堂　怪談作家の語る話』という長篇を上梓したことがある。前作『蛇棺葬』の続篇というか後日談というか、前作の存在自体がテーマになっている変な作品で、処女作『忌館　ホラー作家の棲む家』からはじまる〈作家三部作〉の完結篇でもあった。

この多分にメタ小説的な物語は、東京から京都へ、更に奈良へと舞台が移って行くのであるが、京都を描いた箇所に「迦衣《かい》町通上ル鵜渦《とか》薬師小路入ル」という記述が出てくる。とある原稿を著《あらわ》した人物の家がこの住所にあったため、当時、書籍の編集者をしていた僕はここを訪ねることになるのだが……。

いや、その体験談は今回のお話とは関係がない。それに、もう済んだことだ。

実は『百蛇堂』の執筆に先立って問題の小路を取材したとき、別の小路に纏《まつ》わる気味の悪い話を聞き込んでいた。便宜上、取材先を八影《やかげ》氏、体験者をEさんとしておこう。それは怪異譚愛好家である僕の琴線《きんせん》に触れる、何とも奇妙な談だった。よって当初は『百蛇堂』の中に鏤《ちりば》めた多くの怪談と同様、その話も織り込むつもりだった。

ところが、取材を終えた後で念のため許可を得ようとすると、やんわりとだが八影氏に断わられた。

「子供の頃の話とはいえ、まだEさんはあそこに住んではりますからなぁ……」

もちろん、ご本人の名前は出さないこと、小路の名も伏せることを約束したが、大変な難色を示された。うっかりEさんの体験を口にした自分の軽率さを、明らかに後悔している様子である。

「それに……」

続けて何か言い掛けたが、しばらく僕の顔を凝《じ》っと見詰めた後、

「すんません。堪忍して下さい」

八影氏に深々と頭を下げられた。そこまで丁重に断わられると、僕も諦《あきら》めざるを得ない。逆に無理なお願いをしましたと謝り、取材の御礼を伝えて彼とは別れた。

しかし、作家というのはとんでもない人種である。僕の知り合いの友達が、とある有名な文学賞を取った作家に「絶対に小説のネタには使わない」と約束させたうえで、自分の恥ずべき体験談を話したところ、数カ月後の小説誌に短篇として発表されてしまったとか。それなりに脚色されていたらしいが、お話の状況が極めて特殊なため、関係者が読めばモデルを特定できる弊害があったという。

断わっておくが、最初から八影氏を裏切ろうと考えていたわけではない。本当に約束は守るつもりだった。ただ、『百蛇堂』を書きはじめ舞台が京都に移ったところで、自然に筆が動いていた。書かなければならない挿話の一つとして、ふと気付けばEさんの体験談を念頭

に置いている自分がいたのだ。

とはいえ問題の作家のような、安易で非道な行為をするつもりは毛頭なかった。まず相当な脚色を施《ほどこ》し、人物も場所も絶対に特定できない処置を取る。しかも数多《あまた》ある怪談の中に埋没させるため、この話だけが目立つ気遣いもない、という読みもある。そういった細心の注意を払い、僕はその話を使用する準備を整えた。

あれは晩秋の妙に肌寒い、朝から鬱々《うつうつ》とした曇空が広がっていた日の夕方だったと思う。僕が『百蛇堂』の原稿を執筆していて、前述したような状況でEさんの体験談に差し掛かったときだった。

ピンポーン……。

インターホンが鳴った。ちょうどネットの古書店に注文した、葬送儀礼に関する資料本が届く頃である。てっきり宅配便の業者だと思い、すぐに親機の送受器を取った。なのに子機のドアホンには何の返事もない。間違いか子供の悪戯《いたずら》かと思って仕事に戻り、再び執筆を続けていると、
ピンポーン……。

再びインターホンが鳴った。親機に出る。しかし、子機からは何の応答もない。腹立ち紛《まぎ》れに送受器を叩き付けようとして、ふうぅぅっ……ぜぇぇぇぇ……という薄気味の悪い風の音が、微《かす》かに聞こえるのを耳にした。

ゆっくり送受器を戻して机に戻った僕は、窓の外を見た。目の前の地所には一面に梅の木が生えていて、逢魔《おうま》が刻《とき》の鈍い赤茶けた陽の光に照らされている。だが、いくら目を凝《こ》らしても、葉っぱ一枚そよとも揺れていない。風など全く吹いていないのだ。

本当に狐《きつね》に摘《つま》まれたような気分を覚えながら、それでも気を持ち直して三たび執筆に取り掛かっていると、

ピンポーン……。

またしてもインターホンが鳴った。そおっと椅子から立ち上がり、部屋を横切る。忍び足で廊下を進むと、ドアスコープから外を覗《のぞ》いてみた。

一瞬、日が暮れたのかと思った。真っ暗だったからだ。しかし数秒前まで、梅の木々に降り注ぐ残照を目にしたではないか。

ドアのすぐ前に誰かが立っている……。

その状況が分かった途端、また風の音がした。でも、ドアの向こうから聞こえるそれが、実は全く別の音だということに、ようやく僕は気付いた。なぜなら自分が正に、そのシーンを書いている最中だったからだ。

慌てて机に戻ると、書き掛けていたEさんの体験談を全て消去した。

〈作家三部作〉というメタ小説を著す試みを進めるうちに、時折ふと現実と虚構が交じり合ったとしか思えない、とても薄気味の悪い出来事に見舞われる……そんな体験が何度かあっ

た。不可思議な現象の多くはそのまま、あるいは形を変えて作中に取り込んできた。だが、そのうち僕は、そういった変事の中には文字に残すことのできない、記そうとしても拒否されてしまうものが存在するのだと、朧《おぼろ》げながら次第に理解しはじめた。無理に記録しようとすると、肝心の小説そのものがおかしくなる。作者の意図とは裏腹に、どんどんどんどんお話が変な方向へと流れ出す。自分が何を書こうとしているのか分からなくなる。やがて、ぴたっと筆が止まってしまう。そこで展開が変になった箇所まで戻り、件《くだん》の出来事を削除して書き直すと、嘘のように再び筆が進みはじめる。

ああ、またか……と思った僕は、すぐに彼女の物語を放棄した。それでも、なぜか一向に不安が去らなかったため、八影氏から取材した鳰渦薬師小路以外の話は大幅に削り、採用するものにも大胆な脚色を加えた。そのうえで恐る恐る『百蛇堂』の執筆を続けたところ、幸い奇妙な訪問者が現れることは二度となかった。

その後、〈作家三部作〉を無事に完結させ番外篇まで著した僕は、新しいシリーズに取り組み出したこともあり、すっかりこの当時の体験を忘れてしまった。当初は年賀状のやり取りをしていた八影氏とも、ここしばらくは音信不通の状態だった。

今年の二月初旬、彼から封書が届いた。手紙とビニールに包まれたコピー用紙のようなものが入っている。まず手紙に目を通すと、無沙汰《ぶさた》を詫びつつ自身の近状を報告し、そのうえ拙作に対する詳細な感想まで記されていて、ちょっと僕は感動した。文面から氏の真面目な風貌《ふうぼう》と口調が久し振りに思い出され、とても懐かしく感じた。その几帳面さは本文の最後の「三津田信三様」という宛名と日付、彼自身の住所と署名にまで端的に表れており、非常に気持ち良く手紙を読み終え掛けた。

ところが、まだもう一枚だけ便箋が残っていて、冒頭に「追伸」とある。何気なく目を通して驚いた。そこには「Eさんが亡くなりました。同封のコピーをご覧下さい」と、本文とは似ても似つかぬ素っ気ない文面があるではないか。

しかしながら、ここを読んだ瞬間、僕は分かったような気がした。あくまでも本文が「主」であり、追伸は「従」に見える。書かれている内容からも分量からも、それは間違いない。でも本当は、逆なのかもしれない。「同封のコピー」こそ彼が送りたかったものであり、僕に読ませたかった内容なのでは……。

なぜなら問題のコピーには、Eさんが体験した無気味な話が綴《つづ》られていたからだ。しかも、かつて彼から取材した内容より遥かに詳しく記されている。

それにしても一体どうして彼は、こんなものを入手できたのか。また、なぜ僕に送って寄越したのか。いや、そもそもEさんは何のために、あの話を書き留めておこうなどと思ったのか。いくら考えても分からない。特に三つ目の疑問は、その理由を想像しようとしただけで二の腕に鳥肌が立ったほどだ。

取り敢えず八影氏に返信を認《したた》めた。無沙汰の挨拶と手紙の御礼はそこそこに、三つ目の疑問点について尋ねたうえで、Eさんの記録を発表しても問題はないのかと、ずばり切り込んだ。にも拘《かかわ》らず、いつまで経《た》っても返事が来ない。昔の年賀状を引っ張り出し、電話番号を調べて掛けてみたが不通である。携帯の番号は端《はな》から知らない。

どうしようかと迷ったが、先述したように作家というのはとんでもない人種である。差し障りがあると思える箇所を削除または伏せ字にして、人名もイニシャルに変え、Eさんの記録を載せることにした。これにより発生した問題は如何《いか》なるものであれ、その責任は全て作者にあることを予《あらかじ》め明記しておきたい。

＊

そこは俗に「後ろ小路」と呼ばれていた。

京都の市内でも町中にちょっと入れば、まだまだよく見掛けられた道の両側にずらっと町家が並んでいる、そんな狭い小路の一つである。

当時、中学校の二年生だった私は、ほとんど家の事情を知らなかった。分かっていたのは我が家が決して裕福でないこと、父親が何か大きな問題を抱えているらしいこと、まるで何かから逃げるように××の×××から京都の家へと引っ越したこと、玄関の表札に記された「××」という名字が我が家の名前とは全く違うこと、それだけである。

さすがに表札については妙だと思ってお母さんに訊《き》くと、

「あれは前に住んでた人のが残ってるんや。そのうちお父さんに頼んで、ちゃんと代えて貰《もら》わんとあかんなぁ」

でも、お母さんの言葉とは裏腹に、ずっと表札はそのままだった。家族の誰一人として気にしていない。むしろ元の表札を使うのが当たり前である、とでも思っているように。

夏休みの真っ最中に、いきなり京都市内に引っ越すと聞いたとき、まず変だなと感じた。余りにも突然過ぎるうえ、なぜ×××より家賃が高そうな地を選んだのかが分からない。父親の仕事の関係かと思ったが、どうも違う。一応、祖母の知り合いの口利きがあったというが、それが子供に対する如何にも取って付けた説明に聞こえて仕方なかった。

ところが、新しい住所は誰にも――親しい友達にも――決して教えてはならないと母親に言われた私は、ようやく普通の引っ越しではないのだと悟った。ただし、その理由は怖くて訊けなかった。お蔭で、夏休み中であるのを良いことに、誰にも何も言わずに転校する羽目になった。もちろん嫌だったが、とても両親に異を唱えられる雰囲気ではなかったので、渋々そして泣く泣く私は従った。

尤《もつと》も心配していた家賃については、新しくご近所になったお婆さんと祖母との立ち話を漏れ聞き、すぐ納得できた。「町家」と呼ばれる古い造りの家屋を、そのままの状態で何ら手を付けず住むことを条件に、かなり安く借りられるらしい。もしかすると府か市から援助金が出ていたのかもしれない。また、前に住んでいた××さんという人が急に出て行ってしまったため、ちょうど上手《うま》く空家になったのだという。

その立ち話の中で、ここが昔「後ろ小路」と呼ばれていたことも知った。正式な名称が「××小路」だったため、私は最初「××」を捩《もじ》って「後ろ」としたのだと思っていた。

転校した中学校で友達になったTちゃんに、この話をすると、

「違うよ。それに今は、そう呼ぶ人もおらんと思う」

確かに近所の人も、昔の俗称だと言っていた。でも、その由来を否定された私は、ちょっと驚いた。「××」と「後ろ」の語呂が、とても合っていたからだ。

そう言うと、Tちゃんは少し躊躇《ためら》う素振りを見せつつ、

「子供の頃にな、ようお祖母ちゃんに言われたんや。『あそこを夕方に通るときは、ぼうっとせんように気ぃ付けんといかんよ。頭も心も空っぽにしとったら、後ろから何かが憑《つ》いて来てしまうから……』って」

「何かって何なん？」

「さぁ……よう分からへんけど、何か怖いもんやと思う」

「後ろから何かが憑いて来るから……後ろ小路？」

Tちゃんは頷《うなず》きながら、SF小説が好きだという彼女らしく、

「ひょっとして、あそこは別の次元と繋《つな》がってるんやないか……って、うちは思うんよ」

「えっ？　四次元とか」

「うーん……むしろ別の世界と言うべきかなぁ。それで夕方のある時間帯になると、そこと、そこと、あそことの空間同士が繋がってしまうんよ。でもな、ほとんどの人は気付かんの。ただ、とても精神的に無防備になってる人が、たまたま別の世界の何かを感じてしまうんやないかなぁ。それと波長が合ってしまうって言うか……」

　そのとき、きっと私はとても不安そうな表情を浮かべたのだろう。

「けど、昔の話やから……。今では誰も、そんな風には呼ばんから……」

　慌ててTちゃんが否定し、私は少しだけ安堵《あんど》したのだが……。やがて「後ろ小路」の恐怖を身を以《もっ》て知る羽目になるとは、まさか思いもしなかった。

　転校してから一カ月半ほどが過ぎた晩秋のとある金曜日、私は午後から調子が悪かった。辛うじて授業は受けたが、放課後の読書クラブは休んで帰宅することにした。恐らく熱があったのだと思う。どんよりとした重苦しい靄《もや》に包まれたような頭を抱えたまま、とぼとぼと独りで家路を辿《たど》っていた。

　足取りが重かったのは、熱のせいだけではない。昨夜、トイレに起きたとき両親の喧嘩《けんか》を耳にした私は、自分たちが×××から夜逃げ同然に引っ越したのだと改めて知り、かなりのショックを受けた。拠《よんどころ》ない事情が何かあるとは思っていた。だが、漠然と不安を覚えているのと深刻な問題を具体的に突き付けられるのとでは、正に雲泥の差がある。ひょっとすると、この精神的なダメージが徐々に一日を掛けて身体《からだ》に影響を与え、それが発熱という現象となって表れたのかもしれない。

ただただ疲れ切った私は、ずるずると足を引き摺《ず》るようにして、ひたすら新しい我が家を目指していた。

引っ越した先の町家が面する小路は、市内を東西に横切って延びている。京都では南北に走る通りを「上ル」または「下ル」と表現する。北進が「上ル」であり、南進が「下ル」になる。それに対して東西の通りは「入ル」と言う。私の家は××小路の東の端に位置し、そこから中学校はほぼ西南の方角にあった。つまり「××町通上ル××小路入ル」とされる我が家へ日々、私は小路の西側から帰宅していたわけだ。

その日、次第に早まりつつある日没の残照を背中に浴びながら、いつもの狭い小路を私は歩いていた。でも、そこまで帰って来た道中の記憶は、かなり曖昧《あいまい》だった。学校でTちゃんに見送られ、××町通で黒猫を見掛けたことは覚えている。それに、またきっとすぐ引っ越さなければならないのだ……という情けない気持ちを抱えていたことも確かだ。しかし、帰路のほとんどの風景は霞《かすみ》が掛かったようにぼやけ、その他に何を考えていたのかも朧ではっきりとしない。

とにかく私は肉体的にも精神的にも疲弊した状態で、××小路へと入った。

最初に違和感を覚えたのは、どれくらい進んだときだったか。まず、やけに静かなことに気付いた。確かに小路に入ると××町通を走る車の喧噪《けんそう》も減じ、ここは本当に京都市内かと疑うほど静寂に包まれる。だが、それにしても静か過ぎるのではないか。まるで早朝か深夜のような……と感じたところで、いやいや、まだ朝なら近所の人が家の前を掃く気配がし、夜なら遠くの方から走行する車の音が聞こえてくるのに、と考えた私は、さっきから全く無音なのだと悟り、思わず立ち止まった。

凝《じ》っと耳を澄ませる。何も聞こえない。辺りは深閑《しんかん》としている。単に物音がしないというだけではない。全く何の気配もないのだ。まるで自分だけを残して、生きとし生けるもの全てが京都市内から消え失《う》せてしまった如く、しーん……としている。

耳がおかしくなったのかと声を出すと、ちゃんと聞こえる。両手を打つ、足を踏み鳴らす、やっぱり聞こえる。いや、けれど普通ではなかった。「あっ、ああっ」という私の声も、パンッという両手の音も、ダダダッという足踏みも、とても虚《うつ》ろに響いた。恰《あたか》も一つの閉じた空間の真ん中で、たった独りで物音を発したように……。

無性に怖くなった私は、急ぎ足で歩き出そうとして、再び違和感を覚えた。視線は少し先の道の上に落ちている。視界に入っているのは左手の電信柱、両側の家に据えられた折り畳み式の縁台、右手前にあるマンホールの蓋《ふた》、そして自分の影……が妙だった。いつもは斜め左手から西日に照らされるため、影は斜め右に延びる。ところが今日は、なぜか真っ直ぐなのだ。

あっ、そうか……。曲がる角を間違って、きっと別の小路に入ったんだ。似た小路は南北に数本ある。きっと熱のせいで××小路を通り過ぎ、一本か二本ほど北に位置する別の小路へと入ってしまったに違いない。

そう思って顔を上げた私は、あるものを目にして頭が混乱した。目の前の電信柱に貼られた〈蜻蛉座《とんぼ》〉という劇団の公演ポスターに、よく知っている落書きを認めたのだ。それは数日前の夕方、小学三年生の弟のNが友達と描いた人気アニメのキャラクターだった。帰宅途中に通り掛かった私が、

「駄目でしょ、そんなところに描いちゃ。いい、もうしないのよ」

そう注意をしたことまで覚えている。別の小路の同じ場所に同じような電信柱があり、同じ箇所に同じポスターが貼られていて、その同じ位置にNの同じ落書きがある、などということは有り得ないだろう。

すると、やっぱりここは××小路……？

相変わらず違和感はあったが、このまま進んで家に着けば問題はないわけだ。熱のある状態で考え事をしながら、こうして立ち止まっていても仕方ないと思い、再び私が歩きはじめたときだった。

後ろの方から足音が聞こえてきたのは……。

はじめは何の音か分からなかった。凹凸のある道とはいえ舗装路である。普通ならコツコ

ツとか、カタカタとか、タッタッとか、ザッザッとか、少なくとも足音だと認識できるように響く。それが、ズグッ、ズグッ、ズグッ……と、まるで泥濘《ぬかるみ》を歩いているとしか思えない奇妙な音を発して、後ろから誰かが近付いて来る。

誰か……？

もちろん人間に決まっている。勤め人の帰宅にはまだ早いから、きっと夕食の買い物に出た近所の小母さんか、散歩から戻って来たお爺《じい》さんに違いない。そう考えるのだが、後ろから何か怖いもんが憑いて来てしまう……。

Tちゃんのお祖母さんと彼女自身の言葉が交じり合い、わんわんと脳裏に谺《こだま》するのを止めることができない。

振り向いて確かめよう、として辛うじて思い留《とど》まる。自分が相手に気付いて意識していることを、後ろのそれに悟られない方が良い……と、なぜか強く感じた。このまま知らない振りをして歩き続けるのだ。そのうち家が見えてくる。走り出すのはそれからでも遅くない。家に入れば祖母と幼い妹がいる。もしかすると弟も帰っているかもしれない。

耳を傾けると、ズグッ、ズグッ、ズグッ……と聞こえる薄気味の悪い足音は、幸いまだまだ後方にいるらしい。この調子で進めば相手に追い付かれるよりも先に、恐らく自分は家へと着いているだろう。

それでも油断して気を抜くことなく、私はひたすら歩き続けた。頭がぼうっとして身体が重く、自然に俯《うつむ》きがちになる。脚には力が入らない。でも、とにかく一歩ずつ確実に前へと進み続ける。

ぬうっと左横から影が伸びた。

私の足のすぐ横の地面に、人間の頭部のような影が出ている。それを認めると同時にあの嫌らしい足音が、すぐ斜め後ろから聞こえ出した。

いつの間に真後ろまで来たのか……。いや、どうして来ることができたのか……。

余りの出来事に私が恐れ慄《おのの》いていると、頭部の影は少しずつ伸び、やがて髪の長い女らしき輪郭を見せるようになった。

人間なんだ……。

思わずホッとした。奇妙な足音とTちゃんの話から、私は無意識に歪《いびつ》な格好の化物を頭の中で描いていたらしい。それが莫迦《ばか》げた想像だと分かり、安堵の溜息《ためいき》を吐いたのだが、

「ねぇ……」

その女が話し掛けてきた途端、ぞっと背筋が震えた。なぜかは分からない。ただ一言、悍《おぞ》ましいという表現が咄嗟《とっさ》に浮かんだ。中学二年生の歳《とし》まで生きていても、まず普段は滅多に使わない言葉である。それが自然に、ふっと出てきた。

どうしよう……。

絶対に返事はしたくない。やっぱりこの人は変だ。どこかおかしい。それも人間として妙

なのではなく……そんなことはいい。この場をどう切り抜けるのか。聞こえなかった振りをして、このまま逃げようか。

「ねえ、人を捜してるの……」

私が黙ったまま歩き続けても、その女は一向に気にした風もなく、相変わらず理由は分からないが、ぞっとする声音《こわね》で話し掛けてくる。

「あなた、知らないかしら……」

思わず首を振り掛けて、妙案が浮かんだ。この女は人捜しをしているという。でも私は、ここに引っ越して来て間もない。まだ町内の人々をよく知らない。それを正直に言えば、きっと諦めて離れてくれるだろう。

「…………」

間一髪で私は口を閉じた。なまじ相手をしようとしたばかりに、とんでもない失敗をするところだった。

もし女の捜している相手が、私の父だったとしたら……。

何も昔からここに住んでいる人を訪ねて来たとは限らない。別の場所からこの地へと逃げた相手を追いかけて来た、とも考えられるではないか。

たちまち別の恐怖に囚《とら》われる。化物よりもある意味もっと怖い現実的な恐怖に……。

やっぱり聞こえなかった振りをしよう。何を訊かれても無視し続けるのだ。そのうち女も諦めるだろう。そう考えつつも、私はできる限り足を速めた。もちろん女の声が届かないほど離れるのが一番良いからだ。

ふらつく足取りに鞭《むち》打って、一気に女を引き離しに掛かったときだった。

「××という家なんだけど……」

ねっとりとした問い掛けが、後ろから届いた。まるで言葉そのものに粘着性があるかのように、私の足が鈍る。

思わず立ち止まりそうになったのは、その所為《せい》だけではない。女が口にした「××」という名字が我が家のものではなく、母が「前に住んでた人のが残ってるんや」と説明した表札の名前だったからである。

「えっ……」

だから私は反射的に、声を発してしまった。

「知ってるの、あなた?」

女が急に近付いて来た。ズグッ、ズグッ、ズグッ……と忌まわしい足音をさせながら、私に迫って来た。すぐに何とも言えぬ腐敗臭が、むっと後ろから漂ってきて、たちまち気分が悪くなる。今にも吐きそうである。

私は必死に首を振って否定すると、転ぶ危険も顧《かえり》みずに走り出した。でも、足に力が入らないため両足の動きも縺《もつ》れる。とても走っているとは言えない状態だった。

「ねぇ……」

すぐに女が追い掛けて来た。

「ねぇ……」

今にも肩を摑《つか》まれるのではないかと恐れ身構えたが、一向に追い付く気配がない。

「ねぇ……」

それでも後ろから声を掛けられるたびに、背筋がぞくっと震えてしまう。

「ねぇ……」

左の耳元で声がした。

叫び声を上げた私は、視界の隅に――右手前方に――新しい我が家の玄関を認めるや否《いな》や、持てる力の全てを振り絞って駆け出していた。

そのまま玄関の引き戸にぶち当たるのもお構いなしに突っ込むと、ガタガタッと騒がしく戸を開けて飛び込み、ほとんど同時に後ろ手でピシャと閉め、旧式の鍵をしっかり掛けてから表の様子を窺《うかが》った。

玄関の引き戸は木の格子に模様の入った曇硝子《くもりガラス》が嵌《は》まっていて、外を見ることはできない。しかし家の前に人が立てば、ぼんやりとだが影が映る。そう、ちょうど今、髪が長くてワンピースを着ているような女の影が、ぬっと立っているように……。

「お帰り。どないしたんや」

すぐ左手の襖《ふすま》が開いて、お祖母ちゃんが顔を出した。部屋の中には幼い妹もいて、私と目が合った途端、にっこり笑った。

「へ、変な人が……」

祖母と妹から玄関に目を戻すと、女の影は消えていた。

慌てて引き戸を開け表に出る。誰もいない。××小路の狭い道が、ただ左右に延びているだけだ。脇道も枝道も、この小路には存在していない。にも拘らず女の姿が見えないのは、近所の家に入ったとしか考えられないわけだが……。

呆然《ぼうぜん》と表で佇《たたず》んでいると、お祖母ちゃんが心配して出て来た。取り敢えず勘違いだったと説明しておいたが、熱っぽい私の顔に気付き、クラブを休んだことを知ると、急いで家の中に入れられた。

そのとき、お祖母ちゃんは玄関の引き戸の横の柱に貼った御札を見ながら、

「たとえ妙なもんが来ても、この御札が追い払うてくれる」

どういうことかと質問しても取り合ってもらえず、奥の離れまで連れて行かれた。そして、お祖母ちゃんが私と弟の部屋から運んで来て敷いてくれた蒲団《ふとん》に、そのまま大人しく寝るよう言われてしまった。

新しい我が家は間口が狭くて奥に長細い、いわゆる「鰻《うなぎ》の寝床」のような町家によく見られる造りだった。玄関の引き戸の前に立つと、右手に祖母と妹がいた表の部屋の窓があり、

その右横はもう隣の家である。戸口の左側は、ようやく猫が入り込めるくらいの隙間があるだけで、その左横もすぐ隣の家になる。

屋内に入ると土を固めた廊下とも言える土間が、ずっと奥まで黒光りしつつ延びている。よって、そこは家の中でありながらも外と同じで、靴は脱げない。そのまま進むと中庭に出ることからも、町家に於ける内と外との境界線が、土間という空間により如何に曖昧になっているかがよく分かる。

玄関から入って右手の前の間では祖母と妹が休み、次の中の間は私と弟の部屋で、三番目の部屋が居間になっている。その前の土間が台所のため、料理をするときは靴を履かなければならない。出来上がった料理も土間越しに、居間へと運ぶことになる。

台所の先が中庭で、居間から廊下が「コ」の字の形を描いて離れへと続いていた。「コ」の字の下辺は居間に、上辺は離れに接し、横辺には風呂と厠《かわや》があった。三つの辺の内部が中庭で、そこだけ屋根がない。つまり家の中にいながら空を仰げるわけだ。

お祖母ちゃんが離れに私の蒲団を敷いたのは、きっと風邪だと判断したためだろう。中の間に寝かせて弟にうつしてはいけないと案じたに違いない。

目が覚めたのは、夜の十時過ぎだった。

「よう寝てたから、起こさんかったよ」

お粥《かゆ》を持って来たお母さんが、私の額に冷たい手を当てながら、

「まだ熱があるわ。咳《せき》は？　喉《のど》は痛うないの？　風邪やないんかなぁ」

市販の薬で大丈夫だろうかと呟《つぶや》きつつ、取り敢えず今夜は様子を見ようと決めたらしい。お父さんは居間に、お母さんは弟と中の間に寝るので、私はゆっくり離れで休めば良いと言い残し、母は戻って行った。

それから再び眠りに落ちた私が次に目覚めたのは、夜中の三時頃だった。

本当なら家の中で一番広い離れを独り占めにして、とても嬉しかったと思う。でも、熱でぼうっとする頭を抱えていては、そんな気持ちも起こらない。おまけに夕方から寝続けたせいで目が冴えてしまい、そこから少しも寝付けず、蒲団の中で寝返りを打つばかりだった。

結局、明け方まで悶々《もんもん》とし続けた私は、それでもいつの間にか眠っていたらしい。起きると窓のカーテンの隙間が明るく、目覚まし時計を見ると九時四十六分だった。

昨夜より熱は下がった感じはあるが、身体の節々が痛く全身もだるい。やっぱり風邪かもしれない。今日が土曜日で学校が休みだという事実が、ちょっと残念に思える。

それでも昨日の放課後、Tちゃんが見送りながら誘ってくれた言葉を思い出した。

「すぐ治るようやったら土曜か日曜、京都を案内したげる」

転校して一カ月半も経つのに、まだ私は京都見物をしていなかった。今日は一日ずっと大人しく寝て、恢復《かいふく》しているかもしれない明日に備えようとした。ただ、どうしても天気が少し気になったので、キュルキュルキュルキュル……と耳障りな物音を立てる離れの窓を開けて外を見てみた。

すぐ目の前に、お寺の崩れ掛けた土塀がある。このため、せっかくの南向きが台無しだとお母さんは嘆いていた。窓と土塀の間には狭い溝《どぶ》が通っていたが、方々に雑草が生い茂っているため小さな川のように見える。ぼろぼろに崩れた土塀とその足元を洗う水の流れ――この何処《どこ》か退廃的な眺めが、ちょっと私は好きだった。だが、このときは下に目を向けずに、土塀の上に広がる空を見上げた。

夜明け……？

一瞬そう思ったほど、空一面に広がる雲には朝焼けめいた橙色《だいだいいろ》が交じっており、とても午前十時前の景色には映らない。

慌てて目覚まし時計を確かめると、秒針が止まっていた。ということは、これは昨夜の時刻なのか。でも昨日は夕方から寝て、最初に起きたのは午後十時だったはずだ。そして二度目が午前三時である。どちらもこの時計を見た覚えがある。そこから時を刻んだとすれば、やはり今は午前十時前に違いない……。

私は急に怖くなった。

お祖母ちゃんが縫ってくれた丹前を羽織ると、家族がいる居間に行こうと廊下に出た。そこで改めて中庭から空を仰いだところで、とんでもない可能性がふと脳裏を過《よぎ》った。

朝焼けじゃなく、これは夕焼けではないのか……。

ガタガタと手足が震えはじめ、背筋に悪寒《おかん》が走る。起きたとき治まっていると感じた発熱が一気にぶり返す。すぐにでも寝床に戻りたかったが、今が本当に何時なのか、それが知りたくて廊下を早足で進んだ。

居間には誰もいなかった。中の間にも、そして前の間にも、もちろん土間にも、言うまでもなく風呂場と厠にも、誰もいなかった。お父さんは仕事、お母さんは買い物、弟は学校が休みなので外へ遊びに行ったのだとしても、お祖母ちゃんと妹はいるはずである。なのに家の中にいるのは私だけ……と首を傾《かし》げたところで、果たして家の中だけなのだろうかと思い、何とも言えぬ気分を覚えた。

もし今が、昨日と同じ夕方なのだとしたら……。

この家が無気味なほどの静寂に充《み》ち満ちているのは、××小路そのものが昨日の逢魔が刻と同じ状態だからではないのか。そうとでも考えない限り、家の中に漂う異様な雰囲気の説明が付かない。そう、これは家族が出掛けているという感じではない。最初からここには誰もいなかった。私以外には存在しなかった。いや、私だけが迷い込んでしまった……。

居間まで戻った私が呆然と立ち尽くしていると、

ジィイイイッ……。

土間の方から、虫の鳴き声のような音がした。昔の住人が玄関に取り付けたらしい、それはベルの響きだった。

誰かが来た……？

恐る恐る居間から土間へと顔を出す。だが、玄関の引き戸の曇硝子に映る人影はない。空耳かと思っていると、
ジィイイイッ……。

それを打ち消すようにベルが鳴る。よーく目を凝らして見るが、やはり誰もいない。いくら夕方であろうと、玄関の前に立てば必ず影は映るのに。

私は土間には下りずに、居間から中の間を通って表の部屋まで行くと、窓から外を窺おうとした。しかし、そこも曇硝子のため余り表の様子は分からない。

ジィイイイイッ……。

覗き見を試みる私を叱咤《しった》するように、三たびベルが鳴る。絶対に出る気はなかったが、外に誰がいるのかは確かめたいと強く思う。止《や》めておけ、このままそっと離れに戻って寝てしまえ、と意見する自分がいる。でも私は、玄関に一番近い前の間の襖を慎重に開けると、顔だけ土間の方へと出していた。そうしながら引き戸の曇硝子の向こうを凝視したのだが、人のいる気配は全くない。

と次の瞬間、べったりと顔が貼り付いた。曇硝子にも拘らず、髪の毛、両目、鼻、口がはっきり見えるほど、その女の顔はべたーっと引き戸に貼り付いている。

「ねぇ、いるんでしょ……」

聞き覚えのある忌まわしい声音が、曇硝子を嫌らしく震わせ伝わってきた。唾液で濡《ぬ》れた箇所だけ硝子の曇が薄れ、未知の爬虫類《はちゅうるい》のような女の唇を鮮明に映し出している。

どうしよう、あの女だ……。

昨日の夕方、××小路を歩いていた私の後ろに現れ、執拗《しつよう》に声を掛けてきた女が今、表にいる。この家を訪ねて来ているのだ。

咄嗟《とっさ》に前の間に顔を引っ込めた私は、息を殺しながら震えた。だが、すぐに女が勘違いをしているのだと察した。玄関には「××」と記された表札が、まだ出ている。つまり女は、もう疾《と》っくに××が引っ越した事実を知らず、やっと目当ての家を見付けられたと思っているに違いない。

うちは××じゃありません……と言おうとして、寸前で言葉を呑み込む。そんな人としての常識が通じる相手とは、とても思えなかったからだ。いや、そもそも本当にあれは人間なのだろうか。

後ろから何かが憑いて来てしまう……。

あそこは別の次元と繋がってるんやないか……。

Tちゃんのお祖母さんと彼女自身の言葉が、まざまざと脳裏に蘇《よみがえ》る。その瞬間、まだ自分が昨夕の身の毛もよだつ恐ろしい危機から脱していないことを、嫌というほど思い知らされた。

「ねぇ、そこにいるんでしょ……」

こちらの存在に本当に気付いたのかどうか、正直よく分からない。しかし、居留守を使うことにした私は、そおっと襖を閉めると抜き足差し足で前の間を出た。中の間を通り抜けて居間に入ったところで、ジィイイイッ……というベルの音にビクッとする。

まだ諦めないのか……。

廊下を進みながら、どうすれば戻れるのかを考える。この際、元の世界にと言っても間違いではないだろう。昨夕は家に飛び込むことによって助かった。が、今はその家の中にいる。かといって外に出るわけにはいかない。もちろん、あの女がいるからだ。

離れまで戻って来た私は、そこに敷かれた蒲団を目にして思った。昨夜から今朝に掛けて寝ている間にこうなったのなら、再び就寝するのが一番良いのかもしれない。次に目覚めたときは枕元にお母さんがいて、「いつまで寝てるんか思うた」と呆《あき》れられるのではないだろうか。

他に妙案も浮かばなかったので、私は蒲団を頭から被《かぶ》った。凝っと目を閉じる。なかなか眠くならない。ともすれば焦りそうになるのを宥《なだ》め、できるだけゆったりとした気持ちで、自然に睡魔が訪れるように努める。

ところが、うとうと……とした頃に、必ず中庭の方から、ジィイイイッ……という忌まわしいベルの音が響いてくる。まるで私の眠り際を見越した如く、それを邪魔するようにジイイイイッ……という嫌らしいベルの音が聞こえてくる。

あぁっ、これじゃ眠れない……。

絶望的な気分に陥っていると、妙な物音がした。ベルではない。もっと近くから……、離れの何処《どこ》かから……、キッ……、私の頭の……、キュルル……、頭の上にある……、キュルキュル……離れの窓から、キュルキュルキュル……と少しずつ窓の開く音がしている。

晩秋の夕暮れ刻の冷たい空気が、すうっと窓から流れ込んできたのが分かった。

思わず蒲団の中で身震いした私は、恐る恐る半分ほど顔を出すと、そのまま頭を反らして窓を見上げた。

窓枠の向こうから、長い爪を生やした細長い指が五本、ゆっくりと這い上がって来るのが見えた。指の並びから右手だと分かる。それが窓の下枠をがっしり摑むと、次いで左手の指も同じように現れ、その長い爪を突き立てながら窓枠を握った。

目の前の信じられない光景に震えつつも、私は何が起こっているのか瞬時に悟った。

玄関から離れたあの女は、左隣の家との境にある、ようやく猫が入り込めるくらいの隙間から、恐らく裏へと回ったのだ。そして今、我が家と寺の土塀の間を流れる溝の中に立ち、離れの窓から入り込もうとしている……。

そこまで分かっていながら身動きができない。逃げなきゃと思っているのに、不自然な体勢で見上げている窓から目を離すことができない。

やがて……窓枠を摑んだ両手の間から、黒いものが少しずつ現れはじめた。あの女が部屋の中を覗こうとしている。このままでは、あの女と目が合ってしまう。その状況を思い描いた途端、私は蒲団から飛び起きていた。

「やっぱり、いるんじゃない……」

他愛無い子供の悪戯を見付けたような甘い声音でありながら、絶対に許さないという粘着質の執念を同時に感じさせる声が、後ろからして……。

脱兎《だっと》の如く離れを飛び出した私は、咄嗟に廊下を進むか中庭を直進するかで迷った。が、後方のある気配を感じた瞬間、靴下のまま離れの前の廊下から中庭へと飛び下りた。そのときチラッと振り返ったのだが、すぐに全速力で走り出す。あの女が巨大な蜘蛛《くも》のように、窓から四つん這いで侵入して来る姿を目にしたからだ。

中庭を過ぎて土間に入ったところで、後ろから物凄い圧迫感を覚えたのも束の間、すぐ真後ろにあの女が迫っているのが分かった。

このままでは捕まる！

台所を駆け抜ける刹那《せつな》、咄嗟に右手を払って大きな鍋や薬缶《やかん》を落とした。ガチャン、ガラガラ……という派手な物音と共に、人間のものとは思えない唸《うな》り声が轟《とどろ》く。

だが、それで稼げた時間は僅《わず》かだった。第一それに家から逃げ出したとして、何処に行けば良いのか。むしろ外は、後ろ小路は、あの女の世界ではないのか。

考えている間にも、ぐんぐん玄関の引き戸は迫ってくる。やはり今は、取り敢えず表に逃げるしかない。そう判断して走る速度を落とした私は、素早く戸の施錠を解き十センチほど開いたところで、女と目が合った。

あの女が表に立って嗤《わら》っていた。

そんな……。

と、いきなり左腕を摑まれ絶叫した私の耳元に、お祖母ちゃんの声が聞こえた。

ハッと我に返ると、前の間の襖が開いており、そこから祖母が右手を伸ばして私の左腕を摑んでいた。玄関の引き戸に目をやると、十センチほど開いている。しかし、あの女の姿はなく、代わりに小路には人通りがあった。

戻れたんだ……。

このとき、なぜお祖母ちゃんが私の左腕を摑めたのか、未だに分からない。あの女のことを話した途端、祖母は物凄く慌てて詳しい話を私にさせた。そして恐らく、それを両親に伝えたのだと思う。ただ、その後いくら頼んでも、お祖母ちゃんはあの日の話をしようとはしなかった。「もう済んだことや」と言うだけで……。

二週間後の土曜日、私たちは××の××へ引っ越した。見送りに来てくれたTちゃんとは、高校を卒業するまで文通を続けた。

それにしても、あの女は何者で、本当は誰を訪ねて来たのだろうか。

*

数年振りに改めてEさんの体験談に接した僕は、ある疑問を覚えた。原稿の最後に、彼女は再び転校したと書かれている。しかし、この話を取材したとき八影氏は、彼女は××小路にまだ住んでいる、と言っていた。この奇妙な矛盾は何を意味するのか。

ちなみに、ここまで本稿を進めたが、今のところインターホンは鳴っていないし、訪ねて来た者もいない。もう大丈夫なのかもしれない。

後は本稿に目を通された読者の皆さんのうちで、何方《どなた》かのところにこ、、の、、女が現れなかったかどうか、それが気になるだけである。

怪談奇談・四題

（四）喫茶店の客

これは筆者が数年前に経験した話である。

とある喫茶店で本を読んでいたとき、近くの席に座っていた若い男女の女性の方が、突然おかしなことを口走り出した。それまでは普通に喋っていたので、本当にとても驚いた。最初は連れの男と喧嘩でもはじめたのかと思ったが、どうも様子が違う。

好奇心に駆られ、読書を続ける振りをして聞き耳を立てた。すると、その女性は自分が通っているスポーツジムで一緒になる、とある男性に対して文句を言っているらしいと分かってきた。つまり、当の男性に面と向かって悪口を浴びせたという話を、女が連れの男にしていたわけだ。

普通ならここで興味をなくすところだが、このときは別だった。なぜなら、その女が男性に浴びせた言葉が、とても聞くに耐えない放送禁止用語をふんだんに含んだ罵詈雑言《ばりぞうごん》であり、彼女の口調から明らかに女性には精神的な問題があると気付いたからだ。彼女は問題の男性の名前すらも知らず、単にスポーツジムで一緒になるという以外、全く何の関係もないらしいと察した所為《せい》もあった。

女が異様な話を喋り出してすぐ、側の席にいた別の男性客が完全に固まっているのに気付いた。いつしか女の周囲には、何とも言えぬ異様な雰囲気が漂いはじめていて、その影響を自分も受けてしまいそうで、非常に厭な気分を覚えた。

やがて、どのようにして当の男に罵詈雑言を浴びせたか、その有り様を一通り説明し終えた女は、最後にさらっとこう言った。

「それで、そうやって私が呪ってやったら、その男、次の日に死んでしまったわ」

また機会があれば、このような話を拙著に織り込みたいと思う。それまでに魅力的な怪異が、僕の元に集まっていればだが……。

蛇足ながら、一つ目の話の「七代末まで祟ってやる……」という台詞は、映画や芝居くらいでしか聞かないためか、逆に真実味を感じた。二つ目の話は「間の悪さ」という言葉しか浮かばないが、本人には何の罪もないため大いに同情した。三つ目の話を第三者から聞いていれば、きっと筆者も合理的な考え――奥さんの浮気か旦那の失念――をしていたと思うが、本人の訥々《とつとつ》とした口調が、そういう一切の解釈を寄せ付けなかった。

そして四つ目の話で、あの女の最後の台詞《せりふ》を耳にした途端、久しくなかった背筋を走る悪寒を味わったことを思い出す。まさか来るとは思っていなかった方向から、いきなり怪異的な状況を突き付けられたからだろう。ただ、確かに新鮮ではあったが、いかに怪異譚好きとはいえ、余り良い気持ちがしなかったことは付け加えておきたい。やはり怪異な話は、誰かが話すのを聞くに限る。

合わせ鏡の地獄

江戸川乱歩の短篇に「鏡地獄」という作品がある。

あるとき五、六人で集まって怖い話や奇妙な話をしていると、最後にKという人物が友達の体験を話しはじめた。

幼い頃から彼は、物の姿が映るものなら何にでも興味を持っていた。硝子《ガラス》でもレンズでも鏡でも、とにかく虚像が映るものに心を惹《ひ》かれた。そのうち自分で鏡を使った仕掛けまで作り出し、そこに異様な光景を映してはKを驚かせていた。

やがて二人は中学校へ進学するが、物理の授業がはじまると、彼はレンズや鏡の理論に夢中になる。その結果、それまで以上に奇妙な仕掛け作りに凝《こ》り出し、日常では到底《とうてい》お目にかかれない像を現出させ、独りで悦に入っていた。

そんな折、資産家だった彼の両親が相次いで死去する。財産を自由にできるようになった彼は、庭の隅に実験室を建て、ありとあらゆる鏡を運び込むと研究に没頭し出す。だが、そのうち実験室だけでは飽き足らず、庭に硝子工場まで造り、その中でとんでもない試みをはじめることになるのだが……。

という鏡の魔力に憑《つ》かれた男の狂気を、鬼気迫る筆致で描いた怪奇短篇である。僕は乱歩作品の中でも五指に入る傑作だと思っている。遅筆で知られた乱歩が一晩で書き上げたというだけあって、文章には狂気的とも言える並々ならぬ熱気が籠《こも》っており、それが男の悪夢的なある計画を描くうえで、実に素晴らしい効果を発揮しているからだ。

男の「とんでもない試み」または「悪夢的なある計画」とは何だったのか。それを書くと未読の方の興を削《そ》ぐことになるので控えるが、本作のアイデアは当時の科学雑誌に掲載された読者の物理的な疑問にあった。ただし、それを「鏡地獄」という傑作に昇華できたのは、乱歩の作家としての才能は元より、彼自身が幼い頃から持っていたレンズ嗜好に負うところが大きい。それは随筆「レンズ嗜好症」でも語られ、本作以外にも「湖畔亭事件」や「押絵と旅する男」といった作品の中で、時には探偵小説的な仕掛けとして、また時には幻想的耽美的な装置として、繰り返し描かれている。

うつし夜は夢、夜の夢こそまこと――であった乱歩にとって、うつし夜では決して見ることのできない変幻自在の幻想を垣間《かいま》見させてくれるのが、鏡でありレンズだったのだろう。

いや、こんな書き出しではじめたからといって、何も本稿で乱歩を取り上げたいわけではない。ここに記そうと決めたある話について、どのように語れば良いのか考えていたとき、ふと当時の記憶が蘇《よみがえ》ったためだ。

「鏡地獄……」

あの光景を目にしたとき、咄嗟《とっさ》に僕が呟《つぶや》いた言葉である。その所為《せい》であの男と口をきくようになり、これから記そうと思うある話を聞けたのだから……。

もう今から十年以上も前になる。京都のD出版の編集者だった僕は、たびたび東京に出張していた。あのとき、なぜカプセルホテルに泊まったのか、その理由は全く覚えていない。日帰りの予定が狂ったのか、いつも予約なしで泊まっていたホテルが満室だったのか、きっとその程度の訳だったたと思う。

酔っていた記憶はあるので、直前まで誰かと呑んでいたのは間違いない。ただし、どんな仕事で何処《どこ》の誰と会って何の話をしたのか、綺麗さっぱり忘れている。確かなのは御茶ノ水駅の近くにあったカプセルホテルに入り、一階の受付でチェックインし、指定された九階までエレベーターで上がってメイン通路を左手に進み、巨大な繭《まゆ》のように見えるカプセルがいくつも横たわる部屋に辿《たど》り着き、自分が寝ることになる古代ローマの奴隷墓所のような狭い空間に荷物を放り込むと、すぐ小用を足しにトイレへ向かったこと。そう、不思議とホテルに入ってからはよく覚えている。

メイン通路には自動販売機と横長の椅子が二脚ある以外は、エレベーターの扉口、それにトイレと洗面所に通じる短い廊下が見えるだけだった。その廊下に入ると左手の細長い空間の両側に、それぞれ朝顔と個室の扉がずらっと並んでいた。あれほどの数を一度に目にしたのは、後にも先にもあのときくらいかもしれない。

小用を済ませた僕は、廊下の右手に設けられた洗面所に入って驚いた。トイレと同様、長方形の洗面所の左右には、やや大きめの洗面台が五つずつ並び、台の前には五つずつの大きな鏡が嵌《は》め込まれていたからだ。

合わせ鏡じゃないか――。

カプセルホテルの宿泊経験がない僕には、そういった造りが一般的なのかどうか、よく分からなかった。とはいえ日々の生活の中で、合わせ鏡の空間に入る機会など普通は滅多にない。しかも、五つ並んだ大きな鏡は境目の見分けが付かないほど、ぴったりと合わさっている。そのため左右の壁が巨大な鏡と化していた。だから洗面所に入った瞬間、大袈裟《おおげさ》かもしれないが本当にギョッとさせられた。

目の前に自分がいて、その後ろに自分がいて、目の前の自分の向こうに自分がいて、後ろの自分の後ろにも自分がいて、その向こう、そのまた向こう、そのまたまた向こうにも自分がいる……という眺めが延々と続いている。続いて行く。続き続ける。

「鏡地獄……」

という言葉が自然と口を吐《つ》いて出たとき、

「乱歩ですか」

急に後ろから声を掛けられ、ビクッと背筋が震えた。

恐る恐る振り返ると、四十代の半ばから後半くらいに見える背の低い男が、薄《うっす》らと笑いながら僕を見上げていた。短く刈り込んだ癖毛、ギョロッとした大きな両目、小さく形の良い両耳、高い鼻、薄い唇が、童顔と言ってもいい小さな顔に、とても上手《うま》く収まっている。ホテルの最上階にある風呂から上がって間もないのか、きちんと浴衣《ゆかた》も着こなし、こざっぱりとした感じに映る。

なのに第一印象として、なぜか「歪《いびつ》な男」という言葉が脳裏に浮かんだ。決して醜男ではない。恐らく一部の女性からは「可愛い」と言われ、好かれる顔立ちではないか。もちろん、そんな優男《やさおとこ》だから反感を持ったわけでもない。単純に、ただ何となく、歪な……と思ってしまったのだ。

僕の思惑など知る由《よし》もない男は、馴《な》れ馴れしく話し掛けた非礼を詫びながらも、嬉々《きき》とした表情で乱歩の「鏡地獄」について喋《しゃべ》り出した。僕も成り行きで相槌《あいづち》を打つ羽目になった。すると男は次いで乱歩の随筆「怪談入門」に触れ、そこから更に古今東西の様々な怪談綺譚へと話を広げはじめた。

その手の話が嫌いではない僕は、いつしか缶ビールを片手に男と通路の長椅子に座り込んでいた。そうして宿泊客もすっかり姿を現さなくなった深夜になっても、ぼそぼそと奇妙な話や気味の悪い話を二人で喋り続けたのである。

何本目の缶ビールを空《から》にしたときだったか。

「最初の話に戻りますが、鏡というものは怖いと思いませんか」

自分たちが凭《もた》れている壁の向こう――合わせ鏡がある洗面所の方――を指差しながら、そう男が言った。

「古くから占いの道具に使われたのも、鏡が持つ神秘性故でしょうね」

僕が答えると、男は真面目に頷《うなず》きながら、

「ええ、魔物を寄せ付けない魔除《まよ》けにされたかと思えば、病人がいたり死人が出た家では、逆に忌むべきものとして覆いを掛けられました」

「病気で弱った人や生者の魂を、鏡に吸い取られないためだと、何かの本で読んだ覚えがあります」

「思うのですが、吸血鬼が鏡に映らないという伝承は、やつらには魂が存在しないからではないでしょうか」

男は時折なかなか鋭い考察を示した。それに僕が、

「鏡を割ると七年もの間、不幸が続くと言う地域がありましたよ」

と何気なく口にしただけで、相手は透《す》かさず、

「ああ、鏡を割ったのが子供であれば、その家の子供の中の誰かが一年以内に死ぬ、とも言われる話でしたね」

正に打てば響くような応答をしてくる。時間の経《た》つのも忘れて、僕が男との話に熱中したのも無理はないだろう。

あれは、男が魔術で使う鏡の作り方の説明をしたときだった。何でも中世の魔術師アルベ

ルトゥス・マグヌスが書き残したもので、鏡の表にある呪文を記し、それを奇数の時間に十字路に埋め、三日目の同じ時間に掘り出すという方法なのだが、そのとき決して鏡を覗《のぞ》いてはいけないらしい。

しかし、それではいつまで経っても、肝心の鏡を魔術に使えないのではないか。そう疑問に思って尋ねると、

「人間が覗く前に、まず犬か猫に覗かせればいいんですよ」

男が真顔で答えたので、好奇心を覚えた僕は、

「鏡を覗いた犬か猫は、どうなるんです？　いえ、そもそも人間が最初に覗くのが、なぜいけないんです？」

途端に男が、ぴたっと黙った。それまで饒舌《じょうぜつ》だっただけに、突然の沈黙は異様だった。咄嗟に僕は、何かの発作かと慌てたくらいである。だが、男の様子に変わりはない。ただ口を閉ざしたまま、僕から視線を外して俯《うつむ》いている。

そのときはじめて、メイン通路が恐ろしいほど、しーんとしていることに気付いた。カプセルが並ぶ大きな部屋の方からも、もちろん何の物音も聞こえない。トイレと洗面所も同じである。そもそも通路から短い廊下へと入る宿泊客を、もう長い間ひとりも見ていないのだから当たり前だが……。

急にこの男と二人っ切りでいるのが、とても怖くなった。そう言えば男が何処の誰で、ど

んな仕事をしていて、なぜ今夜このカプセルホテルに泊まっているのか――自分が何も知らない事実に愕然《がくぜん》とした。

この男は何者なんだ……？

突然、一刻も早く男から離れたいと思った。この場を立ち去り、風呂に入って身体《からだ》を温め、そのまま眠りたいと切に願った。

「も、もう、そろそろ寝ませんか……」

さり気なく切り出したつもりなのに声が上擦《うわず》る。だが、急に顔を上げた男の耳には全く入っていないのか、凝《じ》っと僕を見詰めながら、

「合わせ鏡の右側からは過去の化物が、左側からは未来の化物がやって来る……という話をご存じですか」

「えっ……」

「覗いてはいけないのに、覗いてしまった男の話があります……」

「……………」

「聞きたいですか……」

考えるという行為をする前に、僕は頷いていた。

男は、これは自分の弟の身に起こった出来事だと断わって、以下のような気味の悪い話を静かに語り出した。

＊

弟が母の鏡台に興味を示すようになったのは、何歳くらいからでしたか。私は生まれたときから彼とは離れて暮らしてましたので、詳しいことは知りません。

弟が生まれ育った家は関西でも歴史を誇る、とある鏡を御神体とした神社でした。どうかそれ以上の説明はご勘弁下さい。

母が男をつくって家を出たのは、弟が四歳になる前だった、と後に祖母に教えられた覚えがあります。ほとんど思い出と呼べるほどの母の記憶がない弟にとって、彼女が残して行った鏡台は、母親という存在が感じられる唯一の品だったのでしょう。姿が見えなくなったなと思ったら、決まって弟は鏡台の前で独り遊んでいました。

ただし祖母は、そんな孫を目にするたびに眉《まゆ》を顰《ひそ》め、

「年下の男に色目を使うために、せっせと色気づこうと、あの売女が毎日覗き込んでいた道具でなんぞ遊んで……」

と、弟が鏡台の側《そば》に寄ることを極端に嫌いました。

ところが、その前で遊ばせておく限り、弟は全く手の掛からない子供でした。そのため、いつしか祖母も放っておくようになったといいます。父が再婚しなかったせいで孫の面倒を

見なければならなかった祖母にとって、皮肉にも嫁の残していった穢《けが》らわしい道具が、格好の乳母代わりになったわけです。

弟は幼稚園に行き出してからも友達と遊ぶことなく、真っ直《まっす》ぐ家に帰って来ると、夕飯までの時間ただ独りで鏡台の前で過ごしました。

何か特別な遊びをしたわけではありません。鏡台に付いた小さな引き出しを開けたり閉めたり、ヘアピンを何本も繋《つな》げてみたり、口紅をクレヨン代わりに使ったりと、他愛ない遊びが多かったようです。

あの奇妙な世界を見つけるまでは……。

母の鏡台は三面鏡でした。普段は真ん中の鏡の上に、まず左側の鏡を重ね合わせ、次に右側の鏡をその上に重ねて閉じ、更に三つの鏡の上から白い布が掛けてあります。

弟の微《かす》かな記憶では、母が化粧する姿は儀式めいていて、とても厳《おごそ》かだったといいます。まず丁寧《ていねい》に白い布を鏡の向こう側に回し、左右の鏡をゆっくりと扉のように開けると、引き出しから化粧品を取り出しては一つずつ並べていく。それから徐《おもむろ》に化粧をはじめる。母が自分に微笑《ほほえ》んでくれたのは、この化粧をしているとき、鏡の中に映っていた彼女の顔からだけではなかったか——と後になってから彼が思ったほど、鏡台の前に座った母は普段とは違って生き生きしていました。

だからでしょうか。弟が鏡そのものに興味を示すことは、少なくとも最初はありませんでした。いえ、むしろ意図的に避けていたのかもしれません。三面鏡が開いているからには、そこに母親の顔が映っていなければならない。そんな想いを弟は抱《いだ》いたのだと思います。

それがある日、崩れたのです。

いつもと同じように鏡台の前で遊んでいた弟は、クレヨン代わりにしていた口紅で、ふと目の前の白い布切れに悪戯《いたずら》書きしました。特に意識したわけでもないのに、気が付くと「おかあさん」と書いていました。

あっと思ったときは、もう手遅れでした。子供心にも、この文字が祖母の気に障《さわ》ることは分かります。眉間《みけん》に皺《しわ》を寄せて甲高《かんだか》いキンキン声で怒られるのが、目に見えるようです。慌てて消そうとして指で擦《こす》ると、紅が汚く布に広がっただけで、余計に目立ってしまいました。布を破り取ろうとしたものの、子供の力ではどうにもなりません。思案に暮れた彼は、結局その白い布を鏡の後ろ側に回して隠しました。

そうなると幼い子供のこと、今度は三面鏡を開けてみたくなります。

まず一番上の縦長の板を右へ開き、その後ろから現れた同じ板を左へ開くと、目の前に三つの鏡が並びます。正面の顔、斜め右から見た横顔、斜め左から見た横顔と、自分の顔が三つも見える光景に、たちまち彼は魅了されました。

しかし、所詮はただの鏡です。女の子ならまだしも男の子だった弟にとっては、しばらく眺めて暇を潰《つぶ》せただけで、すぐに飽きる程度の代物でした。

そのまま弟が鏡台を閉じてしまえば、何の問題もなかったわけですが、三つの鏡を持つ三面鏡の機能には全く興味を示さなかった彼も、左右の鏡が開閉するという構造には、かなり魅《み》せられました。

その日から母の鏡台は、弟の秘密基地になりました。「ウルトラセブン」に出てくる地球防衛軍・ウルトラ警備隊の基地になったわけです。

円谷プロの空想特撮シリーズとして、昭和四十二年の秋から約一年間テレビ放映された「ウルトラセブン」は、「ウルトラQ」や「ウルトラマン」以上に当時の子供たちの心をしっかり掴みました。宇宙人や怪獣、巨大ヒーローや戦闘メカという、いかにも子供に受ける要素を踏襲した結果であることは、まず間違いないでしょう。ただ、それだけではなかったような気がします。番組の中では明確に語られていませんが、物語の舞台は当時よりも未来に、それも二十年後くらいの近未来に設定されていました。当時の子供たちは、この隠れた未来志向をしっかりと感じ取ったのです。地球侵略や人類抹殺を企む侵略者たちのお話に夢中になりながらも、科学万能の明るい未来を無意識に思い描いていたのです。実はその裏に、とんでもない悪夢が潜んでいることを、やはり無意識に悟りながらではありますが……。

しかし少なくとも番組が放送された当時、弟にとって「ウルトラセブン」とは、光輝く未来の象徴だったと言えます。

秘密基地の造りは簡単でした。ウルトラ警備隊の主力メカであるウルトラホーク1号の玩具を真ん中の鏡の前に置き、それを隠すように左右の鏡を斜めに閉めます。三枚の鏡が、ちょうど三角形を描くようにします。後は弟の口から発進命令が出されると、様々な効果音を彼が口ずさむのに合わせ、ゆっくりと左右の鏡が開かれ、その中から颯爽《さっそう》と飛び立つ――という設定です。鏡台の引き出しの中には、ウルトラホーク3号やポインターも格納されています。ただ、それらの出撃よりも1号の発進を弟が好んだのは、わざわざ言うまでもないでしょう。

秘密基地遊びをはじめて数日後のこと。弟はいつも通り発進命令を自分で出し、自分で了解すると、口から巨大な扉が機械仕掛けで開くような音を出しながら、左右の鏡を開いていきます。そして真ん中の鏡と直角になったところで止めると、いよいよウルトラホーク1号が発進して――という場面で、手から玩具を落としてしまいました。遊ぶ前に祖母から貰《もら》って食べた油菓子の、油が手に残っていて滑ったのです。

ガチャと音がして、ウルトラホーク1号の翼が折れました。その瞬間、途轍《とてつ》も無い喪失感に弟は包まれました。本来なら家を出た母親に感じたであろうほどの喪失感を、彼は壊れた玩具に覚えたのです。泣き出しそうになりながら、まるで瀕死の生き物に近付くように、戦闘機の上に顔を近付けたときでした。

生まれてはじめて弟は、合わせ鏡の世界を覗きました。

何気なく顔を向けた左側の鏡に、自分の顔が映っている――だけでなく、その向こうにも自分がいて、そのまた向こうにも自分がいて、そのまた向こうにも自分が、その先にも自分が、ずっと先まで自分の顔が、いつまでも続いている世界……。

それは、弟がはじめて感じた畏怖《いふ》という感情だったかもしれません。それまでに怖いと思ったことはあっても、恐怖と同時に畏《おそ》れまで感じたことは、恐らくなかったでしょうから。まだ無限という概念がなかった弟にとって、自分が頭を突っ込んだ空間の左右に広がる、いや正確にいうと左右に延びる世界は、トラウマになるほどの怯《おび》えを感じながら、その一方で瞬く間に彼を魅了し虜《とりこ》にしてしまったのです。

それ以来、弟は以前にも増して、三面鏡の前で過ごすことが多くなりました。でも、秘密基地遊びは二度としませんでした。鏡台の引き出しを開け、母の化粧道具を取り出したりもしません。あれほど好きだった口紅遊びをすることもなかったのです。

彼がしたのは、まず三面鏡の前に座ること。なぜか、いつも正座です。それから大きく息を吐くと、厳かな儀式を行なうような手つきで一番上の鏡を右に開く。飽くまでも正面の鏡に対して直角にです。次いで二番目の鏡も同じように左側へと開く。

こうして、まず一種の祭壇めいた空間を現出させます。このとき、もちろん正面の鏡には自分の姿が映っています。心持ち緊張しているような、それでいて何処かわくわくしているような、そんな様子が見えるはずです。

しばらく正面の鏡を見詰めた後で、弟はそおっと腰を浮かせると、ゆっくりゆっくりと己が頭を合わせ鏡の間へと入れていきます。

　最初は頭を突っ込むたびに、かなりの勇気がいりました。あの無限の世界を見る瞬間の、何とも言えない気持ちが自分でも説明が付かなくて、しばしば泣き出しそうになったくらいです。でも、また見たい。もう一度だけ目にしたい。少しでいいから眺めたい。そういった衝動に突き動かされ、鏡台の前に座ってしまうのです。

　それから徐に左側の鏡を覗き、延々と何処までも続く無限の鏡地獄を、いつまでも飽きずに凝視する……結局その繰り返しでした。

　弟は正面の鏡に映った自分の像と同様、左右の鏡でも一番手前に映っている自分は、自分自身だと思っていました。しかし、その向こう側からの自分は、何度見ても自分自身だという実感が湧きませんでした。何分の一かは、何割かは、自分であったかもしれませんが、全てが自分であるとは、どうしても考えられなかったのです。段々と遠くに行くに従って、徐々に小さくなっていく自分は、遠くなればなるほど、自分以外の何物かが占める割合が増えている、そんな感じがしてならなかったのです。

　それを確かめるために、三面鏡の空間に突っ込んだ頭を、彼は頻繁に動かしもしました。前後、左右、上下と激しく頭を動かします。そうしていると無数の自分たちのうちの誰かが、その動きについてこれなくなり、遂には取り残されてしまうんじゃないか……と思ったのですが、無限空間に蠢《うごめ》く像たちは、決して襤褸《ぼろ》を出しませんでした。

この試みに疲れると、何処までも延びる空間が一体いくつの世界からできているのか、彼は決まって数えはじめました。奥へ奥へと続く鏡の世界を一つずつ数えるという、気の遠くなるような行為をするのです。

その日も幼稚園から帰った弟は、例の儀式通りに三面鏡を開くと、後はひたすら合わせ鏡の世界に没入しました。当初は明るかった元は母が使っていた部屋も、縁側から射し込む陽の光が次第に弱まって、もうその頃には随分と薄暗くなっていました。特に三方を囲まれた三面鏡の中など、かなり暗くなっていたはずです。

それでも弟は鏡の上に指を這《は》わせながら、「いち、にい、さん……」と小さいながら声を出して、一心に数えていきます。いつも二十前後くらいまでは、難なく数えられます。一つずつの鏡の世界が大きく、とても分かり易《やす》いからです。

しかし、徐々に小さくなっていく枠の世界は、はっきり境があって隔てられているように映りながら、そうではないという難問を孕《はら》んでいます。すぐ目の前に見えながら、ずうっと奥の方に存在しているという矛盾も合わせ持っています。そんな一つずつの世界を、きっちり区別して数えるのは相当に骨の折れる作業なのです。

その日も三十を超えた辺りで、先に進むのが難しくなってきました。それでも弟は、何とか数え続けていました。

到頭《とうとう》その数が四十を超えて、さすがに目がおかしくなりかけたときでした。

ひょいと何かが見えたのです。

いえ――。

ひょいと何者かが、顔を覗かせたのです。

弟が数えていた四十何番目の鏡の、枠の世界から、その世界の向こう側から……。

「何をしてるんです！」

いきなり声を掛けられた弟が、びっくりして振り返ると、廊下に見知らぬ老婆が立っていました。後で知るのですが、その人は彼にとっては大伯母に当たる、祖母の歳《とし》の離れた姉でした。久し振りに妹を訪ねて来たので、赤ん坊のときに見ただけの弟にも会っておこうと、彼を探していたところでした。

大伯母は鏡台と弟を交互に見詰めると、いつから合わせ鏡を覗くようになったのか、執拗《しつよう》に尋ねました。それが数カ月前からだと知ると、とても険しい表情を浮かべ、「自分の姿以外に何か見えたことがあるか」と訊《き》きました。

たった今、自分が目にした顔のことを、弟は喋りませんでした。なぜか自分だけの秘密にしなければいけない、そう思ったからです。

首を振る彼を見て、見るからに大伯母は安堵《あんど》の表情を浮かべました。それから三面鏡を閉じながら、

「ええか。こうやって鏡と鏡を向かい合わせにしたもんを、合わせ鏡と言う。でもな、これ

は決して人間が作ってはあかん空間なんや。分かるか。ぴったりと二つの鏡をくっ付けるのはええ。けど少しでも離して、その間に隙間《すきま》を作ったらいかん。况《ま》して鏡と鏡の間に、人間が入っては絶対にならん」

静かな物言いでしたが、何とも言えぬ迫力が大伯母の言葉にはありました。とても大切な注意を自分は受けているのだと、弟も子供心に悟ったほどです。だからこそ、なぜ駄目なのかを彼も尋ねたのでしょう。

「どうして、いけないの?」

「……もちろん、化物がやって来るからや」

ほんの一瞬だったにも拘《かかわ》らず、四十何番目の鏡の、枠の向こう側の世界から覗いた顔が、瞬く間に弟の脳裏に蘇りました。

それは、無表情な子供の顔でした。こちらをヒタと見つめた、妙に青白い男の子の顔だったのです。

「合わせ鏡の右側の世界は過去へ、左側の世界は未来へと通じててな――」

弟の変化に気付くことなく、大伯母は話を続けます。

「それを凝《じ》っと長い間に亘《わた》って覗いてると、やって来るんや」

「お化けが……」

「そうや。右側からはその人を追い掛けて、過去から化物がやって来る。左側からはその人を探して、未来から化物がやって来る」

「右側のお化けに捕まったら……」

「鏡の世界に引きずり込まれて、その人が過去に経験した中で最も酷《ひど》く、一番忌まわしい出来事を、何度も繰り返し再体験させられる羽目になる。分かるか。今までに嫌やと思うたのと同じことを、ずーっといつまでもせんといかんのやで」

「もう、帰って来られないの？」

こっくりと頷く大伯母に、恐る恐る弟が尋ねました。

「左側のお化けなら……」

「お前、ほんまに何も見てへんのやな？」

繁々と自分を見詰める大伯母の両目が怖くて、またしても弟は嘘を吐《つ》きました。

いえ、それだけではありません。右側のお化けが過去に連れて行くのなら、左側のお化けは未来に自分を誘ってくれるのではないか。この温かみのない居心地の悪い家から、既に大人になった自分が飛び出している世界へと、一気に行くことができるのかもしれない。そう思ったからです。

とはいえ、相手は合わせ鏡の中に棲《す》む化物です。おいそれと信用することはできません。それにうっかり右側の世界を覗いてしまい、過去の化物がやって来たら大変です。

その日から弟は、母の鏡台に近付かなくなりました。祖母は、自分の姉が孫の妙な遊びを止《や》めさせてくれたと、単純に喜んだようです。彼としては、飽くまでも一時的に休止するつもりだったのですが――。

やがて、弟は小学校に入学しました。すると池内《いけうち》という友達ができ、学校の帰りに遊ぶようになりました。そのうち池内の友達とも仲良くなり、絶えず四、五人の仲間と連れ立って、楽しく遊ぶ日々が続いたのです。いつしか彼は三面鏡の存在そのものを、すっかり忘れておりました。

ところが、弟が四年生になったときでした。小学校に入学して以来、大の親友だった池内と、学校の休み時間に大喧嘩をしてしまいました。それまでとても仲良く、小さな争い一つしたことのない二人にとって、はじめてする喧嘩でした。

その日は池内とも別の仲間とも遊ばず、弟は真っ直ぐ家に帰って来ました。池内に腹を立てながらも、これまで味わったことのない胸の痛みに戸惑いを覚え、言葉にはできない不安な気持ちになっていました。この嫌な気分を一刻も早く変えたい。そう切に願いました。

そんな弟が、ふと思い出したのが合わせ鏡の儀式です。その途端、三面鏡を開くときのわくわくした高揚感が瞬時に蘇りました。もう四年近くもやっていません。当時、大伯母に諭《さと》され身に滲《し》みた恐れや畏れよりも、懐かしさのような郷愁の念が、どっと胸の内から溢《あふ》れ出てきました。

あれから母の部屋は開かずの間となり、誰も入っていません。弟は祖母に見付からないよう注意しながら、こっそり侵入を果たしました。

がらんとして何もない薄暗い部屋の隅に、ぽつんと鏡台だけが置かれています。かつて彼が口紅で「おかあさん」と書いた白い布ではなく、地味な文様をあしらった別の粗末な布が掛かっています。きっと祖母が取り替えたのでしょう。

その前に正座した弟が、ゆっくり布を捲《まく》り上げると——、目の前に現れたのは何処か薄汚れて見えるただの鏡台でした。幼い頃には大きく立派に思えたのに、今では古道具屋で二束三文で売られている程度の、そんな家具にしか見えません。

がっかりしましたが、儀式は続けました。丁寧な手つきで、まず右側の鏡を開く。正面の鏡とちょうど九十度になるようにです。次いで左側の鏡も同じように開く。すると、そこには見慣れたはずの懐かしい空間が現れるはずです。

でも、目の前にあるのは、「コ」の字に開いた単なる三面鏡でした。あの頃のわくわく感も一向に沸き上がってはきません。

莫迦《ばか》らしくなった弟は、開いた鏡を元に戻そうとして、まだ合わせ鏡に自分の頭を入れていないじゃないか、と思い直しました。このとき彼には畏怖の念など、これっぽっちもなかったはずです。儀式が全く期待外れに終わりそうなため、絶対に覗いてはいけないと大伯母に言われた合わせ鏡の世界を、せめてもう一度だけ体験してやろう。その程度の考えだったに違いありません。

正面の鏡に映る自分の姿を、しばらく見つめます。それから腰を浮かせて、徐々に頭を合わせ鏡の間に入れて行きます。完全に頭が入ったところで、はじめて弟は少し後悔しました。やってはならないことを自分はしている。そういう思いが高まってきました。しかし、それ以上にあの世界を再び覗いてみたい……という衝動が、胸の奥底から一気に込み上げてきて、どうにも抑えることができません。

弟は頭の中で「一、二、三」と数えると、すっと首を左に向けました。

その瞬間、合わせ鏡の奥の奥の奥の世界から、ずーっと向こう側の鏡の世界から、ひょいと覗いた青白い顔の生々しい恐怖が蘇ったのです。

慌てて頭を引っ込めようとしましたが、既に両目は鏡の世界に魅せられています。しかも幼い頃に戻ったかのように、頻繁に頭が動きます。勝手に動いてしまうのです。

瞬《またた》く間に数時間が過ぎました。部屋の中は、いつしか薄暗くなっています。あ、あれをやらなければ、という意識が段々と強くなります。

遂に弟は左側の鏡に指を這わしつつ、「一、二、三、四……」と数えはじめました。十を超え、二十を超えた辺りから、やはり辛《つら》くなってきました。よくこんなことを幼い自分がやっていたなと思いましたが、それでも止めずに続けます。

三十を超えて益々苦しくなり、次の鏡の枠を数えようとしたときでした。

ひょいとあの顔が覗いたのです。

三十数枚目の鏡の向こう側から、無表情な青白い子供の顔が、幼い頃に見たのと同じ顔が、こっちを覗いたのです。しかも、目と目が合ったような気がしました。

ぞっとした震えが背筋を走ったのも束の間、次の瞬間ぞわぞわっと全身が粟立《あわだ》ち、たちまち途轍も無い恐怖に包まれました。

なぜならあの顔が、ひょい、ひょい、ひょいと鏡の枠を越えながら、こちらに近付いて来たからです。

化物がやって来るからや……という大伯母の言葉が頭の中でぐるぐると回り、すうっと気が遠くなりました。

夕食の準備を終えて孫を探していた祖母が、かつての嫁の部屋で彼を見つけたのは、それから一時間以上も後だったといいます。弟は高熱を発して倒れており、翌日は学校を休みました。ただ、そのため夕方に喧嘩をしていた池内が見舞いに来てくれ、二人は仲直りをすることができました。

しかし、この日から弟は、また元の彼に戻ってしまいました。池内や友達とは引き続き遊びましたが、それまでのように心底から楽しむことが、どうしてもできなくなったのです。

やがて中学生になった彼は、怪奇幻想的な小説を好んで読みはじめます。ただし、江戸川乱歩の「鏡地獄」を読んだときは、文字通り本を投げ出しました。鏡の魔力に憑かれた怪奇短篇の主人公に対し、共感を覚えたことは確かです。でも、それ以上に近親憎悪にも似た嫌悪感を抱いてしまい、どうしても読み進めることができなかったのです。

弟が鏡を、特に合わせ鏡というものを意識したのは、これが最後でした。いえ、最後になるはずでした。このホテルに泊まらなければ……。

そうです。弟は何も知らずに、あの洗面所に入ってしまったのです。

尤《もっと》も驚いたのは束の間でした。最後に意図的に合わせ鏡を覗いてから、優に三十年以上は経っています。「鏡地獄」を読んだのも、もう随分と昔です。かつて覚えた戦慄《せんりつ》と嫌悪も、もう遥《はる》か過去の出来事になっています。

誰もいない洗面所の真ん中に弟は陣取ると、ゆっくりと手を、それから顔を洗いました。前方と後方に無数に増殖していく自分を敢えて無視し、目の前の鏡の中の自分だけを見詰めます。疲れた中年男の顔だけを眺めます。

顔色は悪く、皮膚に張りもありません。目の下が弛《たる》んで隈ができているため、一層疲労感が滲《にじ》み出ているように見えます。

いえ、実際に弟は疲れ切っていました。一日中駆けずり回った肉体的な過労と、自分よりも年下の職員に適当にあしらわれた精神的な疲労とが、一体となって彼の身体に重くのしかかっていたのです。

中学校を卒業した彼は、地元の公立の高等学校を出て、東京の三流大学の文学部に進み、ちょうど二十年前に、ある中堅の出版社に入社しました。上京してからは関西の家にも碌《ろく》に帰らないままで、誰が神社を継いでいるのかさえ知りませんでした。

文学部を出たとはいえ、特定の作家に興味があったわけでも、何かの研究に勤《いそ》しんだわけでもありません。単に本を読むのが、普通の人よりも好きだっただけです。よって出版社に就職したのも、漠然と本に関わった仕事ができれば、という程度の動機でした。

そのため同期入社の者たちが次々と営業部から編集部へと配置転換になったときも、特に羨《うらや》ましいとは思いませんでした。第一その会社は、出版社といっても書店に置く本を作ることは少なく、どちらかといえば学校や図書館などに向けた全十何巻というセット商品を中心に出していました。当然、営業も街の書店に行くことはなく、各担当地域の県ごとに、商品内容に合わせて小・中・高・大学や図書館などを回るのが主でした。

入社して十年ほどは良い時代でした。かつて日本国中で百科事典が売れた名残《なご》りがあり、学校の教師の個人購入も多かったからです。しかし、徐々に何十万円もするような大型の商品は売れなくなり、それに伴い会社も業務を縮小しはじめました。

一時は部下を四人持っていた弟も、やがて一営業部員に戻されました。肩書だけは課長のままでしたが、管理職らしい仕事は一切ありません。ただ、そんなことは良かったのです。一番問題だったのは、製作費が掛かり過ぎるという理由で、会社が大型商品を作らなくなってしまったことです。その結果、営業部に課せられた仕事は、過去に売れなかった在庫商品の処分だけになったのです。

在庫が捌《さば》けなければ、会社が苦しいのはよく分かります。しかし、新商品が全くない状態で営業を続けるのは、並み大抵のことではありません。会議で単価の安い小型・中型商品の開発を提案し続けましたが、取り合っては貰《い》えませんでした。

やがて編集部の社員たちは、その経験を活かして他の出版社へと転職をはじめました。営業部の同期や後輩たちも、もっと条件の良い会社に移るか、全く職種の違う業界へと去って行きました。

弟が会社を変わらなかったのは、新卒で入った自社に義理立てしたからでは決してありません。子供の頃から人付き合いが苦手な彼にとって、この会社の半ばルートセールス的な営業方法が、自分には一番向いていると思ったからです。それに営業一筋で来たかに見えましたが、他の社員に比べると肝心の営業力が、余り高くなかったのも事実でした。そんな四十五歳の肩書だけの営業課長を、わざわざ雇う会社など不況時にあるでしょうか。

もちろん残った会社でも年々、いや毎月ごとにノルマの締め付けがきつくなる一方です。なのに在庫商品が主ですから、どうしても回る学校や図書館は再市場になります。つまり最低この一年間に一度は行った顧客先で、既に説明済みの商品ばかりを売り込まなければならないわけです。新商品の一つでもあれば、それを話のネタに在庫商品も一緒に売ることができます。けれど、いつまで経っても在庫商品ばかりでは、かなりのベテランでも厳しいのは言うまでもないでしょう。

当然のように売り上げは落ち、それに反比例して売り上げ目標が増え、同時に経費の削減が課せられるという悪循環に、どっぷり弟は嵌まり込みました。

その日の夕方、彼は郊外の私立大学の図書館を訪問しました。そこは再々訪ぐらいだったのですが、図書購入の担当が新人の司書に代わったと聞き、希望を持ったからです。商品説明をする相手が違うと、良い結果の出る可能性も高まります。彼は張り切って本の紹介を熱心にしました。その若い女の司書も、とても興味深げに聞いてくれています。手応えは充分だったのです。

ところが、五時のチャイムが鳴った途端、その女性司書は、商品説明途中の弟に何の断わりを言うでもなく、そそくさと帰り支度をはじめると、本当にそのまま帰ってしまいました。要は終業時間になるまでの、単なる暇潰しだったのです。

「莫迦にしやがって……」

そう呟いた弟の目の前には大きな鏡があり、年齢以上に老け込んだ顔が映っています。少し目を転じると、無限に続いている自分がいます。

あの儀式をしてみようか……、ふと彼は思いました。

ここの大きな鏡なら三十でも四十でも、ずっと奥へと続く鏡の世界を数えるのは難しくありません。五十や六十になると目がついていかないでしょうが、そんなことは構わないのです。数えられるところまで行けば、あいつが現れるかもしれない……。

「一、二、三、四……」

小さく声を出しながら、鏡の枠の世界を数えはじめます。

「十、十一、十二、十三、十四……」

万に一つあの顔が現れても、それで何か起きるとは思っていません。とにかく何か非日常的なことがしたくて、仕方なかったのです。

「二十、二十一、二十二、二十三、二十四……」

数が増えるに従って、頭の中には鮮明に母の三面鏡が浮かび上がってきます。

「三十、三十一、三十二、三十三、三十四……」

まだ余裕で数えられます。

「四十、四十一、四十二、四十三、四十四……」

まだ大丈夫です。

「四十六」

まだいけます。

「四十七」

あ、あの顔が覗きました。

ひょいと鏡の枠の向こう側から覗いた顔は、幼い頃に見た無表情な青白い子供の顔、そのままでした。しかも、はっきりと目と目が合ったのです。死んだような生気のない瞳が、凝っとこちらを見詰めています。と次の瞬間、ふっと鏡の枠の向こう側に引っ込みました。

「本当にいたんだ……」

遅蒔きながら二の腕に鳥肌が立ちました。

慌てて洗面所から出ようとしたそのとき、ひょいとあの顔が再び現れ、ふっとすぐに引っ込みました。

「えっ……」

思わず目を凝《こ》らすと、また顔が出て、すぐ引っ込み。また出て引っ込み。出て引っ込み、という繰り返しが続いて……いえ、違いました。それだけではありません。

顔が出て引っ込んだ後、次に出て来るのは同じ場所ではなく、一つ手前の鏡の向こう側からでした。顔は出入りするたびに鏡の世界を一枠ずつ、こちら側に近付いているのです。

ひょい、ひょい、ひょいとあの顔が、次第に近付いて来るのです。

頭の中は恐慌状態でしたが、出たり入ったりしている顔から目が離せません。無表情な青白い子供の顔が徐々に、段々と、少しずつ迫って来るのですから……いえ、違います。何処か妙です。これは……子供の顔ではありません。これは、この顔は、成長している……。

顔が出て、引っ込んで、次に出るときには、その前よりも成長しているのです。

今は中学生くらいでしょうか。にきび面の高校生になって、そろそろ大人の顔つきを見せはじめ、すっかり幼さが消え、不精髭が生え出して、大学生か社会人になって、もう二十代後半か、いや三十代に入ったでしょうか。顔は近付くに従って大きくなり、少しずつ歳をとって老け出し、やがて顔が、その顔が、顔が……。

何だ？

これは一体何だ？

今の自分の顔へと変化を遂げている、この顔は……？

もっと早くに気付くべきでした。最初の顔は、四歳のときの自分だったのです。そして今、四十七歳の自分に、鏡の中の自分は成長しようとしています。

ひょいと現れては消え、またひょいと現れる顔……。

すぐそこまで顔が迫っています。

もう鏡の世界も、あと何枠もありません。

ああ、来ます！

来る！　あの顔が……。

ひょいと一つ目の枠の向こう側から覗いた顔は、つい先ほどまで目の前の鏡に映っていた、四十七歳の疲れた自分自身の顔でした。

そして今、目の前の鏡に、最初の顔が現れてから四十七番目となる鏡に映った顔は……。

——た顔だったのです。

＊

「弟さんは、どうなったんです？」

「洗面所の床に倒れているところを、宿泊客に発見されました。すぐに救急車が呼ばれましたが、救急隊員が到着したときには心臓は停止しており、人工呼吸も虚《むな》しく息を吹き返すことはありませんでした」

「…………」

「医師の診断によると、極度の疲労からくる心臓麻痺らしく、洗面所に不審な点が見当たらないことから、地元警察の発表も病死ということになりました」

思わず僕は、ぞくっと身を震わせた。

男の話を聞いているうちに、弟と言っているものの本当は彼自身の体験ではないのか、と疑っていたからだ。実際、最後の方の語りは一人称に近かった。弟は洗面所で独りで亡くなったという。ならば、そこで起こった合わせ鏡の怪異を、兄である彼は一体誰から聞いたのか？　弟と離れて育ったという男が、なぜこれほど詳細に知っているのか？

「どういう状況だったか、ちょっとご説明しましょう」

そう言いながら男は立ち上がり、短い廊下へと僕を誘った。

「さぁ、すぐ済みますから」

長椅子に座ったまま動かないでいると、男は微笑みを浮かべつつ手招きしている。

その顔を見た瞬間、あっと声を上げそうになった。最初に男を目にしたとき「歪な……」という印象を持ったのは、もしかすると彼自身が虚像だからではないのか。

もちろん男の本当の顔を僕は知らない。だが、本物の男が鏡に映した姿――それが、この男なのではないか。つまり本物の男を仮に兄とすると、この男は弟ということに……。

「どうしました？　鏡はお好きでしょう」

右手を伸ばしながら、すっと男が近付いて来た。そして僕の二の腕を軽く摑《つか》むと、全く力を入れずに立たせ、そのまま短い廊下へと引っ張りはじめた。

「い、いえ……ぼ、僕は……」

「遠慮なさらずに。あなたにも、あの世界を覗いて欲しいんですよ」

「で、ですから、僕は……」

洗面所の前まで来たところで、男の手を振り解《ほど》こうとした。だが握力を全く感じないのに、がっしりと握られたままで振り払えない。

そのまま合わせ鏡の洗面所に連れ込まれ、咄嗟に両目を閉じた僕の耳元で、薄ら笑いの滲んだ男の声が聞こえる。

「鏡地獄……。本物の鏡地獄です。合わせ鏡の……」

しかし、すぐに囁《ささや》くような別の口調で、

「おや、そろそろ夜が明けますね」

急に寂とした洗面所で、どれくらい両目を瞑《つぶ》っていたのか……。

僕が恐る恐る瞼《まぶた》を開けると男の姿は何処にもなく、左右には奥の奥の奥へと延々と続いている合わせ鏡の世界が、何処までも何処までも延びているばかりだった。

死を以て貴しと為す

死相学探偵

その男に死相は視《み》えなかった――。

死視《しし》した結果、依頼人に「死の影」を認められなければ、俊一郎《しゅんいちろう》の口にする台詞《せりふ》は決まっていた。

「帰ってくれませんか」

東京の神保《じんぼう》町に立つ年代物の土産《うぶすな》ビルに、今年の春から開業した〈弦矢《つるや》俊一郎探偵事務所〉の部屋より、速やかに引き取って貰うことになる。

ところが、「飯沼《いいぬま》」と名乗った若い男に対しては、なぜかいつもの言葉が出てこない。死視を失敗したのかと思い、「視る／視ない」の切り替えを何度か行なったが、やはり目の前の男性には僅《わず》かな死の影も現れてはいない。

妙だな……。

にも拘《かかわ》らず俊一郎は、真っ黒で途轍《とてつ》も無く忌《い》まわしい何かを、事務所の扉口に突っ立っている飯沼から感じていた。しかも問題の何かとは、長年に亘《わた》って彼が否応無しに接しざるを得なかった「死」そのもののように思える。

だが、幼い頃から俊一郎が持っているのは、他人に現れた死相が視えるという特殊な能力だけである。霊感などは一切ない。

これを彼は、祖母から受け継いだ一種の隔世遺伝と解釈していた。「愛染様《あいぜんさま》」と呼ばれて人々から畏敬される祖母は、所謂拝み屋《いわゆるおが》だった。全国から相談者が奈良の杏羅《あんら》町を訪れるほど、この世界では有名人である。

祖母の愛は、常人にはない様々な異能を有している。そのため彼女を祭り上げて教祖にしようとする人々や、霊能者としてテレビに売り込もうと企む人間、占いの館の共同経営を持ち掛ける者などが、昔から引っ切りなしに現れる。ただし彼女は、どんな話であれ全く聞く耳を持たない。

「わたしゃ、ただの拝み屋だよ」

そう言って飽くまでも市井の人々を相手に、その相談に乗り続けている。そんな態度がまた祖母の人気を煽《あお》ることになり、まるで巡礼者のように全国各地から杏羅町を目指す人が未だに絶えない。

もっとも俊一郎は子供の頃から、祖母に何度も真顔で、

「あとほんの少し若かったら、わたしゃもテレビに出て、あっという間に人気者になって、美人女優への道が開けてたんやけどなぁ」

厚かましくも勘違いした愚痴を聞かされていたので、決して世間が誉めるような人格者ではなく、実はやや困った俗物根性の持ち主だと分かっている。

祖母《ばあ》ちゃんの持つ力は、とても素晴らしいのに……。

子供心に幾度そう思ったことか。人間の能力と品格は別物なのだという真理を、彼がこの祖母の言動から学んだのは間違いない。

それほど偉大な能力者の祖母でも、死相を視る力だけは俊一郎に敵《かな》わなかった。もちろん相談者に死の影が憑《つ》いていれば、彼女なりの方法で感じ取ることはできた。だが、彼ほど明確には分からない。また、死そのものが具体的に視えるわけでもない。

死相を映像として捉えられる――これが俊一郎の持つ「死視」の力だった。

そう名付けたのは彼の祖父で、一部に熱狂的な愛読者を持つ怪奇幻想作家の弦矢俊作《しゅんさく》その人である。高校を卒業してからの二年間、これまで育てて貰った恩返しのつもりで祖父母の手伝いをしていた彼に、上京を勧めたのも祖父で、探偵事務所を開くビルまで勝手に探してきたのには驚いた。

祖父の弦矢俊作は小説の執筆以外に、あるライフワークがあった。孫が視た死相を蒐集して分類と分析を行ない、それを研究した『死相学』という書籍を著すことである。

死相と一口に言っても、俊一郎が依頼人に視る死の影の有り様は、正に十人十色だった。そもそも人間に死を齎《もたら》す原因が、自然死、病死、事故死、自殺、他殺と様々に分かれる以上、その様相に変化が見られるのは当然かもしれない。他殺ひとつ取ってみても、保険金殺人の被害者として狙われるのと無差別殺人の犠牲者に選ばれるのとでは、当人に浮かび上がる死相の「表現」も自《おの》ずと違ってくる。

俊一郎の仕事は、依頼人に視える死相を解釈し、近い将来その人に訪れる「死」の原因を突き止め、それを阻止することである。探偵事務所の看板を掲げているのは、依頼人が未だ確定されていない「死因」により死ぬことが決まっている近い将来の〈被害者〉であり、その死因が被害者の命を奪うために死相という犯行予告を突き付けている〈犯人〉であると見《み》做《な》すなら、死因の正体を突き止めて依頼人を「死」から救う者——即ち自分は〈探偵〉であると気付いたからだ。

今日の午前中も、紹介状を持った井元《いもと》という未来の被害者が、この探偵事務所を訪れていた。俊一郎が死視すると、頭部に黒くてブヨブヨした無気味な固まりが視えた。しかも黒々とした雨雲のような物体から、触手の如《ごと》き無数の細長いものが伸びており、男性の左半身を包んでいる。

咄嗟《とっさ》に下した判断は、脳梗塞か脳溢血という「死因」だった。一通り井元の話を聞いたあとも、その見立ては変わらなかった。依頼人が四十代の後半で、さる大手企業に勤め、次の人事異動では昇進する話もあり、趣味は仕事だと自慢するほど働き詰めだという情報も、この解釈を裏付けていると感じた。

「すぐ病院へ行って下さい」

透かさずアドバイスしたが、井元は同行してくれと言う。実は上司の強い勧めがなければ、ここを訪れてはいなかった。死相を視る探偵など、まさかと考えていた。しかし話してみて不安になった。だから是非とも一緒に来て欲しいと頼むのだ。

祖母の下で修行したお蔭で、俊一郎は死視する力を「視る／視ない」と切り替えることができる。とはいえ、できるだけ人の集まるところには行きたくない。自分の意思に関係なく、とんでもない死相を視てしまう場合があるからだ。況《ま》して病院など、絶対に厭《いや》だった。

この特殊な力の所為《せい》で、俊一郎は子供の頃から「死神、悪魔、化物」と忌まれ、憎まれ、恐れられ、苛《いじ》められてきた。相手の命を救おうと思い、死相のことを教えたのに、周囲から死の原因は彼自身にあると誤解された結果である。そのためすっかり人間不信に陥り、いつしか他人とは距離を置く性格になっていた。

それが探偵事務所を開くまでに、言わば恢復したわけだが、ぶっきらぼうさは変わらない。だから井元の願いを突っ撥《ぱ》ねることに、何の躊躇《ためら》いもなかった。ただ、余りにも懇願するので遂に根負けしてしまった。

鬱々と降り続ける梅雨《つゆ》空の下、探偵事務所から歩いて行ける大学病院を訪れると、井元は医師から脳溢血の疑いがあると言われ、直ちに入院する羽目になった。その後、二人は廊下で死相の話をしたらしい。あやふやなのは、俊一郎に確固たる覚えがないからだ。だが、選《よ》りに選って病院で死相の話をしてしまったのは、どうやら本当のようだった。

なぜなら、それを漏れ聞いた飯沼が、井元から俊一郎のことを聞き出して押し掛けて来た

からである。しかも事務所の扉を開けるなり、

「俺にも死相が視えるでしょ？」

と、いきなり詰め寄って来たのだから――。

ところが、いくら死視しても飯沼には「死の影」など纏《まと》い付いていない。にも拘らず、俊一郎が自分の能力に疑いを持つほど、彼からは禍々《まがまが》しい何かを感じてしまう。死視する以外には、霊感も含めて一切の特殊な力を持たぬはずなのに、どうして目の前の男から、これほどまでに悍《おぞ》ましい気配を覚えるのか。

「どうぞ」

取り敢えず応接セットの長ソファを勧めつつ、その向かいに座ると、ここに来た経緯を聞き出した。

「なるほど、病院で――」

そのとき俊一郎が腰掛けたソファの裏から、僕が姿を現した。

僕は祖父母の家で、ほとんど彼と一緒に育ったと言って良い鯖《さば》虎猫である。探偵事務所を開いて最初に引き受けた入谷《いりや》邸の連続怪死事件を、俊一郎が解決するのを見計らうようにして、ひょっこり訪ねて来た。どうも、わざわざ彼を追って上京して来たらしい。全く犬のような猫である。以来ずっと同居している。

僕を目にした依頼人の反応は、大きく二つに分かれる。声を掛けたり抱き上げようとした

り、とにかく構おうとする人と、ちらっと見るだけで無関心な人と——。

「あっ、猫を飼ってるんだ。とても可愛いですね。名前は？」

飯沼が示したのは、前者の反応だった。

「僕……」

「へぇ、僕ですか。それじゃ男の子だな」

俊一郎が呼ぶときだけは、種々の事情から「僕にゃん」と呼ばないと返事をしないのだが、そんなことまで教える必要はない。

「お出で、僕。ほら、こっちこっち」

飯沼はソファから身を乗り出すと、掌《てのひら》を叩いて僕を呼んでいる。

一方、僕の反応はほぼ三種類に分かれる。みゃうみゃうと甘えて近寄って行く、凝《じ》っと観察するだけで側《そば》には寄らない、ふううっと唸って威嚇《いかく》する——。

一つ目と二つ目は、依頼人が猫好きか猫嫌いかという分かり易い理由である。僕にとっては死相が出ていようがいまいが、そんなことは関係ない。相手が自分を可愛がってくれるかどうか、僕の興味はそこにしかない。だが三つ目の場合は問題だった。そういうときは大抵、依頼人に何かが憑いているからだ。

しかし飯沼の場合、この双方の反応がなぜか嚙《か》み合わない。

猫好きらしく頻《しき》りに呼ぶ飯沼に対し、行儀良く床の上に座った僕は微動だにせず、ひたすら凝っと相手を見詰めている。

「残念……。どうやら嫌われたみたいですね」

そんなはずはない——と俊一郎は首を捻《ひね》った。相手が少しでも猫好きと分かれば、必ず僕は甘えるからだ。そういう意味では一切の差別をしない。どんな人物に対しても愛想良くするのが僕である。

ということは、本当は猫嫌いなのに、この男は猫好きを装《よそお》っているのか……？

そう考えると辻褄《つじつま》は合う。だが、そんなことをする理由が何処《どこ》にあるのか。僕の機嫌を取って俊一郎の心証を良くしようというのなら、そもそも事務所を訪れたときに、もっと丁重な挨拶をしたはずだ。いきなり死相が視えるかとは訊《き》かずに。

おい、僕。どういうことだよ？

心の中で呼び掛けたが、凝っと飯沼を見ていた僕は、急に興味をなくしたように事務机の方へと立ち去ってしまった。

「可愛い猫なのに……」

まだ飯沼は未練があるらしく、僕の姿を目で追っている。そんな彼を観察しつつ、少し探ってみるか、と俊一郎は考えた。

「あなたは、あの病院の患者なんですか」

もしそうであれば、何らかの病を患っている可能性がある。それが今、正に死病と化す寸前なのではないか。だから俊一郎には、まだ死相としては視えないものの、忌むべき空気だけは感じ取ることができるのかもしれない。

しかし、飯沼は首を振ると、

「いえ、患者じゃありません。一時は入院していたけど、今はこの通り——」

「なら、どうして病院に？」

「友達が入院していて……いや、していたんだ」

「今は？」

なんとなく相手の口調から察せられたが、敢えて質問すると案の定、

「亡くなりました」

「そうですか。それで——」

「三人とも……」

「……あなたの友達が、あの病院で、三人も亡くなったと？」

「ええ……。あっ、別に病院の所為じゃないんです。原因は事故というか……」

「何か事情があるようですね」

「…………」

「自分に死相が出ていると、なぜ思うんです？」

俊一郎の質問に、飯沼はハッと身体を強張《こわば》らせたかと思うと、事務所内をキョロキョロと

見回しはじめた。

「あいつらが呼んでるから……。お前もこっちに来いと、三人に呼ばれてるから……。いや、そのうちの一人は、俺を助けようとしてくれてる。だけど、あとの二人は……」

まるでその三人が、すぐ側にいるかのように怯え出した。

「最初から話して下さい」

「……八日前のことです」

土曜日の夜、飯沼は大学時代の友人である横川《よこかわ》のマンションで、酒盛をしていた。卒業してから四年ほど経つが、今でも月に一度くらいは会って呑む関係だった。関東者二人の集まりに偶《たま》に顔を出すのが関西出身の貝塚《かいづか》で、この日は三人が揃っていた。

ただし、給料日前の週末である。最初から外で呑むのは諦め、酒と一緒にパックの寿司や唐揚げなど摘み物を買い込むと、横川の部屋で呑みはじめた。

話題は学生時代の思い出から同級生の消息、会社の愚痴、彼女を含めた女性のこと、最近読んだり観たりプレイした本や映画やゲームの感想など、取り留めもないものばかりだったのだが、やがて夜が更け出すと怪談話がはじまった。

その手の話が、三人とも嫌いではない。だから学生時代も誰かの部屋に集まって呑むと、決まって最後は怪談会へと雪崩《なだ》れ込む。もっとも三人三様で、それぞれ好みが違う。飯沼は現歴史が感じられるような、どちらかと言うと古風な話が好きだった。それに対して横川は現代的な怪談に目がなく、都市伝説の類に詳しい。貝塚はお話がどれほど怖くても、怪異が起こった場所が実在していないと醒めてしまう。

だから飯沼はその話をするときも、まず具体的な地名を挙げた。

「関西のM地方にTという旧家があって、そこの土蔵には戦国時代の落武者が残して行ったという鎧櫃《よろいびつ》があるんだけど――」

T家では落武者を丁重に持て成したため、彼が家を去るときに御礼だと言って、大切にしている鎧櫃を寄贈されたと伝わっていた。

ただし、落武者はT家を去るとき、「この鎧櫃は決して開けてはならぬ。今の状態で持ち続ければ、きっと当家を守ってくれるだろう」と言い残した。以来、数百年にも亘って代々の当主は言い付けを守り、T家も絶えることなく続いてきた。

ところが戦前のこと、地方新聞の記者がこの話を聞き付けて取材にやって来た。もちろん当時の主人は、鎧櫃を見せることさえ断わった。しかし記者は何度も何度もやって来て、執拗に取材させてくれと頼む。一向に諦める様子のない強引な記者の態度に、とうとう主人は根負けした。遂に記者を土蔵に入れると鎧櫃を見せ、しかもそれを開けてしまった。

翌日、主人は急死した。その後、三人いた息子も次々と病死や戦死を遂げてしまい、そこからT家は没落の一途を辿ったという。

「もっとも、戦前から戦中という平時よりは人が死亡する確率が高い時期の話だから、単なる偶然とも言えるけど……。そのはじまりが鎧櫃を開けたことにあるように見えるのが、なんとも無気味だと思う」

そう飯沼が締め括ると、貝塚は興味深そうに、

「T家って、今でも関西のM地方にあんのか」

「ああ。問題の鎧櫃も残ってるらしい。けど中は空で、覗いても危険はないそうだ」

「なーんや、詰まらん。で、その傍《はた》迷惑な記者自身はどうなった？」

「それがさ、記者のその後については、全く何もT家には伝わっていなくて――」

「妙な話やなぁ……」

二人で盛り上がっていると、横川が急に生き生きとした表情で、

「鎧櫃で思い出したけど、最近ネットの怪談系の掲示板に、薄気味の悪い書き込みがあってさ。大垣外《おおがいと》から初戸《はど》へと行く途中の山の中に、廃墟の寺があるっていうんだ」

「初戸って何処や？」

「奥多摩の方だよ」

貝塚の質問に答えると、飯沼は先を続けるように横川を促した。

「その寺に、どうも子供が住んでるらしくて、朝夕になると見掛けるっていうんだ」

「子供のホームレスか。今や珍しくない存在になってるのかもな」

「まぁな。でも、その女の子は、まだ小さいのに美人というか、とても綺麗な顔付きをして

いて、ちゃんと学校にも行ってるみたいで――」

「小さい美人の女の子？」

「それも小学校の一年生くらいらしい」

「へぇ……」

どうしてか分からないが、ここで飯沼は何か引っ掛かるものを感じた。

「廃墟の寺に独りで生活しながら、しかも学校に通うやなんて、六、七歳の子供には無理なんやないか」

貝塚が素直な感想を述べると、横川は頷《うなず》きながら、

「俺もそう思う」

「ネットの掲示板に書き込んだんは、どんな奴なんや？」

「おいおい、そんなの分かるわけないだろ。ハンドルネームが河童《かっぱ》のシッポで、恐らく初戸の近辺に住んでるのかもしれない――っていうこと以外はな」

横川に突っ込まれて、貝塚が照れている。しかし飯沼は、なぜこの話に自分が反応してしまうのか、どうにも気になって仕方がない。

「その女の子……なぜか妙に引っ掛かるんだけど……」

「お前も、ネットで見たんじゃないのか」

「いや、違う」

飯沼が否定すると、そんなことはどうでも良いとばかりに貝塚が話を急《せ》かせた。

「で、その子が実は幽霊やったという話か」

「さぁ、それはどうかな。ただ、とても印象的な子らしくて——何だっけ？　オットセイみたいなさ、ほら、両目の色が違う……」

「オッドアイ……」

ほとんど反射的に、その言葉が飯沼の口から漏れた。

「あっ、それだ！　両目の虹彩が、それぞれ違うってやつだよ。その女の子の場合は、一方に比べて片方の目の色が薄いらしい」

「へぇ、歴史好きのお前から、そんな片仮名の言葉が飛び出すやなんて珍しいな」

貝塚に指摘され、自分でも妙だなと飯沼は思った。が、それよりも気になったのは、横川の台詞だった。

「片目の色が薄い……」

またしても何か引っ掛かるものがある。だが、それが何なのかは相変わらず分からない。

「外国人だと、それがエキゾチックに映ったりするんだろうけど、その子の場合は妙に色気があるというか……、何処か薄気味が悪いような……」

「河童のシッポは、女の子と話したんか」

貝塚が質問する。

「ある日の夕方、『君は何処の子？』と声を掛けたら、いきなり『お兄ちゃんの家に遊びに行ってもいい？』と訊かれた。『君の家は何処？』と重ねて尋ねると、廃墟の寺を指差して、『お出でよ』って言われた……」

「それで行ったんか」

「寺の本堂じゃなくて、横の家の方へ連れて行かれたらしい」

「それ、庫裡《くり》とか呼ばれる建物やろ、なぁ飯沼？」

貝塚に確認されたが、彼は無言で頷いただけで、それを見た横川が、

「そう言うんだっけ？　でも、なーんにもなくて、とても人が住んでるようにも見えない。これは担《かつ》がれたんじゃないかと思ってると、いつの間にか女の子がいなくなってる。それで本堂の方まで捜しに行くと、祭壇の裏に大きな箱があった」

「祭壇の裏？」

「うん。それが鎧櫃みたいな感じだったらしい。もっとも本物の鎧櫃を、河童のシッポが見たことがあるのか分からないけどさ」

「開けたんか」

「ああ……。ただ、もう薄暗かったから、よく見えなかった。でも、白くてぶよぶよしたものが折り畳まれて、箱の中には仕舞われていた……」

「何やそれ？」

「分からないけど、見ていて気持ちの良いものじゃなかったらしい。それで急いで蓋を閉めたものの、今になって思い出すと、人間の形をした着ぐるみのようだったと……」

「特撮の宇宙人や怪人みたいな？」

「そうそう。ただし装飾的な感じは一切なくて、単に白くてぶよぶよしているだけで……。あっ、そうじゃない。顔に当たる部分に、目のような切れ込みが一つだけあったんだ」

「片目か」

「かもな。女の子は見つからず、怖くなって帰った。そしたら夜になって、その子が訪ねて来たんだって……」

「河童のシッポの家に？」

「彼の部屋の窓の外に、その子が立っていて、『遊びに来たよ』って……」

飯沼の両手の二の腕に、さあっと鳥肌が立った。

「それから毎晩、彼女は来たらしい」

「ほんで、どうなった？」

「掲示板でも盛り上がったんだけど、『下手《へた》な作り話をするな！』っていう批判も多くてさ。そのうち河童のシッポの書き込みが減り出して——」

「なんや、それで終わりか」

「ところが、『勿体《もったい》を付けないで入れてやれよ』っていう挑発に対して、『今夜、彼女を部屋に入れます。報告は明日』という返事があったんだ」

「それで？」

「その書き込みが最後だった……。『どうなった？』『教えて欲しい』と望む声が幾つか寄せられたけど、結局そのままで――。問題の寺を見付けて調べた、という奴も出てきた。ただ、大きな箱なんかなかったらしい。まぁ何が本当で誰が嘘を吐《つ》いてるかなんて、ネットの掲示板だから分からないわけだけど――」

そこで横川は意味ありげに言葉を切ると、飯沼と貝塚を交互に見ながら、

「行ってみるか」

「えっ……その寺にか、今から？」

貝塚が驚くと、横川は当たり前だという口調で、

「ああ。場所なら大凡《おおよそ》の見当は付いてる。酔い醒ましに、ちょうどいいだろ」

「けど、三人とも呑んでるやないか」

「岩瀬《いわせ》を呼べばいい」

岩瀬というのは、彼らが二回生の夏に旅行した信州の温泉宿で、住み込みでアルバイトをしていた他大学の学生だった。それが偶然にも、飯沼の小学校時代の同級生だったことから、その後なんとなく三人と付き合うようになる。

「あっ、せやな。あいつがおった。そらええわ」

怪奇スポット巡りが好きな貝塚が、たちまち賛同した。

「岩瀬は下戸《げこ》だから、まず酒を呑んでる心配もないしな」

横川は早速、携帯で電話を掛けると、やや強引に彼を呼び出した。

この対応からも分かるが、岩瀬は三人の友人というよりは、体《てい》の良い便利屋のような存在だった。横川と貝塚には言っていないが、小学生時代の彼が苛められっ子だったことを、飯沼は覚えている。そういう人物は大人になっても同じなのか、と思わず同情した。とはいえ飯沼も、横川たちと同じ態度で接していた。曾《かつ》て子供だった頃、級友たちと一緒に彼を苛めていたように。

ただ、今は岩瀬を呼ぶべきではない……そう感じた。自分でも理由は分からない。でも、なぜか彼には会いたくないと思った。

三十分ほどして岩瀬が現れた。アパートから自転車で来たという。四人は横川の車に乗り込むと、問題の廃墟寺を目指して出発した。

その道中、助手席に座った横川が、河童のシッポの話を岩瀬に教えた。普段から無口な彼は特に感想を述べるでもなく、黙って奇妙な話に耳を傾けている。

ところが、横川が例の女の子の説明をはじめたときだった。バックミラー越しに真後ろの飯沼の方を凝っと見詰めたかと思うと、見る見る車の速度が落ち出し、遂には道の端に寄って止まってしまった。

「おい、どうした？　エンジントラブルか」

横川が慌てて訊くと、岩瀬は微《かす》かに首を振りつつ、ぼそっとした口調で、

「その少女がいるかもしれない、廃墟の寺に行くのか」

「決まってるだろ。あっ、ひょっとしてお前、怖くなったのか」

囃《はや》し立てる横川と、それを煽る貝塚を全く相手にせず、ひたすら岩瀬はバックミラー越しに飯沼を見続けている。

やがて、その異様な状態に横川も気付いたらしく、

「なんだよ。お前ら、何かあるのか。飯沼、どうしたんだ？」

「いや……、俺にもよく分からないんだけど……」

彼としては、そう言うしかない。それでも今、自分が覚えている厭《いや》な感覚をなんとか伝えなければ……と強く感じる。

「なんかさ、嫌な予感がして……」

「岩瀬のビビりが、こいつにもうつったんや」

車内の微妙な雰囲気を察していない貝塚が、更に揶揄《やゆ》する。

しかし、それに横川は同調せず、飯沼も反論しなかった。当の岩瀬も動じることなく、もう一度だけ確認するように、

「その寺に行くのか」

「……ああ」

少し言い淀んだ後、横川は答えた。

「そうだな貝塚？　行くだろ飯沼？」

「もちろん！」

即答する貝塚の横で、言い知れぬ不安を感じながらも、飯沼は頷いていた。ここで帰ろうと言えば、間違いなく二人から馬鹿にされる。今夜だけなら良いが、今後もそれが続くかもしれない。

飯沼の返事を見届けてから、岩瀬が車を出した。

暫《しばら》くは貝塚だけが元気だったが、そのうち横川も調子を取り戻したのか、次々と最新の怖い話を語りはじめた。それに貝塚が反応して、たちまち車内が冷え込みはじめる。だが、飯沼にとっては二人の怪談話よりも、自分が抱えている得体の知れない不安の方が、遥《はる》かに恐ろしかった。黙ったまま運転をしている岩瀬の後ろ姿が、堪《たま》らなく怖かった。

もっとも横川と貝塚も、車が大垣外から山道に入り、夜の山中を走り出してからは随分と大人しくなった。くねくねと曲がり続ける山道に、お喋りどころではなくなったからだ。特にナビゲーターを務める横川は、岩瀬が道から逸れるのではないかと気が気でないらしく、ずっと前方を注視している。

「そろそろ着くはずだ」

とある集落を過ぎて少し走り、岩瀬に新たな道を指示したところで、横川が呟《つぶや》いた。その言葉通り幾らも進まないうちに、ヘッドライトの明かりの中に、半ば崩れた山門が急に浮かび上がった。

「あれだ！　門の手前の、あそこの窪みに停《と》めろ」

ちょうど車一台、駐車するのに適当な空間があり、そこに岩瀬は駐車した。

ライトが消えた途端、辺りから漆黒の闇が押し寄せてきた。車から降りて周囲を見回しても、通り過ぎて来た集落の明かりが微かに見えるだけで、他に人工の灯は一切ない。

「げっ、これを登るんか」

山門を覗《のぞ》き込んだ貝塚が、うんざりした声を出した。飯沼が同じように見てみると、狭い石段がずっと上の方まで延びている。

「お前、この石段のこと言わんかったやろ」

「そうだっけ？」

愚痴る貝塚に、横川が恍《とぼ》けた。しかし、すぐに彼は怪訝《けげん》そうな声で、

「おい、何してる？　早く降りろよ」

飯沼が振り返ると、岩瀬が運転席にまだ座っていた。

「どうしたんだよ」

横川が車まで戻るのを見て、飯沼も後に続く。

「ここで待ってる」

運転席の開いた窓越しに岩瀬が答えた。

「せっかく来たのに、車の中にいるのか」

「ここで待ってる」

「お前なぁ……。怖いんだったら、俺らの間に入れて歩いてやるから――」

「そうだよ。岩瀬、行こう」

透かさず飯沼も誘う。こうなったら一人でも多い方が良い。

「ここで待ってる」

しかし岩瀬は、その一点張りだった。

「おーい！　そんなビビりほっといて、早《はよ》う行こうや」

山門から顔を出した貝塚に急かされ、横川も諦めたのか、もう何も言わずに車から離れた。

仕方なく飯沼も従ったが、途中で振り返ると、窓を閉めたうえにドアのロックを確認している岩瀬の姿が目に入り、とても厭な気分になる。

二人が山門を潜ると、懐中電灯を手にした貝塚が、既に急勾配の石段を登っていた。

「河童のシッポって、さっきの村の高校生とかやないんか」

「通学の途中で、この前を通るのかもしれないな」

「なんかリアルやで。俺、ぞくぞくしてきた」

実在する怪奇スポット好みの貝塚らしく、ここに来てテンションが上がっている。

「それにしても、なんで寺が廃墟になるんや？」

「さぁ、信者がいなくなったとか……。違うのか」

前を進む横川が振り向いたので、飯沼は考えられる可能性を答えた。

「こういった田舎は人口が減ってるから、ある時期から檀家の数が極端に減少して、寺を維持できなくなったのかもしれない」

「なるほど」

「それとも、そういった一般の檀家寺ではなく、ここは神社の別当を兼ねた祈禱《きとう》寺だったとも考えられる」

「何だそれ？」

「文字通り祈禱や易を行なう仏道の修行の場だよ。こういった寺の場合、地元の住民の信仰が得られなければ、自然に廃《すた》れてしまうからな」

「へぇ、けど坊主が修行してた場所やったんなら、幽霊が出る心配もないんやないか」

貝塚の口調は、がっかりしたようにも、安心したようにも聞こえる。

石段を登るにつれ、次第に空気が重くなってきた。普通は高所に行くほど薄くなるはずなのに、まるで地下に籠った淀んで重苦しい気が、廃寺の方から漂い降りている感じがある。それが貝塚にも、さすがに分かるのだろう。石段を登るに従い、徐々に彼のテンションが下がりはじめた。

「所詮はネットの書き込みだからな。まぁ当てにはできんよ」

横川までが、否定的なことを言い出した。

「せやな。それに元々が寺やってんから、なんかあっても、きっと大丈夫や」

「元は祈禱寺だったとしても、今は廃墟だから……」

二人の空元気に水を差すつもりはなかったが、思わず飯沼は反論していた。

「せやから、なんやねん？」

「神仏の加護は期待できない……と思う」

しかも元が聖なる場であるが故に、余計に魔的なものが入り込み、集い、溜まっている可能性がある——と言い掛けて止めた。二人を怖がらせても何の得にもならない。むしろ平気な気持ちでいてくれた方が良い。無事に車へと戻り、ここを立ち去るまでは……。

ところが、飯沼の言葉を気にしたのか、貝塚が黙ってしまった。横川も同様である。おまけに石段を登り切った三人の目の前に、どっしりと暗闇の中に蹲《うずくま》る本堂が現れるに及び、その足取りまでぴたっと止まった。

割れて外れた屋根瓦の隙間から雑草が生え、垂木が軒下から垂れ下がり、傷《いた》みの激しい柱の間で観音開きの板扉の片方は傾き、石垣積みの基壇は崩れている……正に魔物の住処《すみか》にしか見えない御堂が、忌まわしい気配を纏い付かせ、そこに存在していた。

「な、なんや迫力あるな……」

「ああ……」

「これやったら怪談の一つや二つ、噂されてもおかしないわ」

「そうだな。けど、まだほとんど知られていないわけだ。俺らが今夜のことを書き込めば、ひょっとして人気が出るかもな」

「怪奇スポットの新名所か。ええやないか」

二人は陽気に喋り続けたが、一歩たりとも前に出ようとはしない。

「違う気がする……」

気が付くと飯沼は、ふらふらっと前に歩を進めていた。

慌てて貝塚が追い掛けて来た。すぐに横川も続いて、

「違うって何がや？」

「やっぱりお前、なんか知ってるんじゃないのか」

「分からない……。いや、本当に何も知らないんだけど、引っ掛かるんだ……」

「この寺が？」

「女の子の方……かな？」

「寺が怪奇スポットなんやのうて、その少女が問題やいうんか」

喋っているうちに本堂の前に着く。

「どないする？」

貝塚の問い掛けに、

「ここまで来たんや。入るやろ？」

横川に訊かれ、半ば無意識に飯沼は頷いた。

慎重に木製の階段を上がり、無気味に軋《きし》む板敷きの廊下を足元に注意しながら歩くと、貝塚が傾いた板扉に手を掛けて開き、堂内を懐中電灯で照らした。

「おい、仏さんがあるやないか……」

彼の言う通り、明かりの中に結跏趺坐《けっかふざ》した仏像の姿が浮かび上がっている。だが、他には何もない。がらんとして荒廃した空間に、ねっとりと濃い闇が詰まっているだけである。

御堂の奥へと進みながら、周囲を照らしていた懐中電灯の光が再び仏像に向けられ、その足元から上へと流れたときだった。横川が小さく叫んだ。

「目が！　目がないぞ！」

仏像の両目は、無惨にも抉《えぐ》られていた。かなり乱暴に刳《く》り貫いたらしく、痛々しい傷跡が、ぽっかりと空いた二つの空洞の周りに残っている。

「誰が……、なんで……、こんなことを……」

三人が祭壇の前に立ったところで、貝塚が囁《ささや》くように呟いたが、横川も飯沼も何も応えられない。

暫く沈黙が続いた後で、

「この裏やな」

「ああ……」

「妙な箱があるんは？」

「そうだ……」

「まだある思うか」

「さあな……」

そんな会話をするだけで、またしても二人は一向に動かない。

「さっさと確かめよう」

はっきりさせたい気持ちと共に、とにかく当初の目的を済ませて一刻も早く立ち去りたい、という焦りを飯沼は感じた。

彼が祭壇を右手に回り込むと、二人も慌てて付いて来た。目のない仏像の裏側に移動したところで、貝塚が懐中電灯で床の上を照らす。だが、祭壇の裏には箱どころか、がらくた一つも見当たらない。

「やっぱりなぁ。ガセというか、あれは作り話だったわけだ」

「なんや詰まらん……。けど、お前が今夜のことをネタにして、死ぬほど恐ろしい話を捏《でっ》ち上げたら面白いんやないか」

口では残念がりながらも、ホッとしている様子が二人にはあった。本堂を出て石段へと向かう足取りも、行きとは違って随分と軽い。

しかし、飯沼は思った。鎧櫃のような大きな箱は、別の場所に移されただけではないかと。だからといって、庫裡も調べようと提案する気は更々なかったが……。

二人の後を歩きながら、何処かから凝っと自分たちを窺っている何かの視線を、ずっと彼は感じていた。暗闇の中から闖入者《ちんにゅうしゃ》を見詰める、ぞっとするほど真っ赤な一つの瞳が、ちらちらと脳裏に浮かんでいた。

石段を降りはじめると、横川が面白がるような口調で、

「こういう場合よくあるパターンは、実は車に残った一人の方に、とても恐ろしいことが起こっていた——っていうオチだな」

「ああ、あるな。皆で車に戻ると、そいつは恐怖の余り気が狂ってたとかやろ」

「そうそう。または姿が消えていて、そのまま行方不明になるとかさ」

明らかに二人は、岩瀬の身に変事が起きていることを期待している。だから石段を降りて山門から出たところで、運転席の窓から顔を出した岩瀬に声を掛けられた途端、あからさまにがっかりした表情を見せた。

それでも、すぐに恐ろし気な声音《こわね》で、

「鎧櫃も大きな箱もなかったけどな、仏像の両目が抉り取られていたぞ」

「今から一人ずつ、あの御堂まで行って何かを取って帰って来る、肝試しでもやろか」

代わる代わる彼をからかった。ただ相手が一向に反応しないと分かると、詰まらなそうに車へ乗り込んだ。飯沼も行きと同じく運転席の後ろに座る。

「俺たちみたいに車で、花魁淵《おいらんぶち》へ肝試しに行った奴らがいてさ」

暗闇の山道を車が走り出すと、さっそく横川が怪談を語りはじめた。もうすっかり廃墟寺の恐怖は霧散したらしい。

ところが、それを全く無視するように岩瀬が、

「会ったのか」

「えっ……？」

「あの女の子に会ったのか」

「だから、そんな少女どころか、鎧櫃も箱もなかったたって言っただろ」

話を遮《さえぎ》られた横川が、むっとして言い返した。だが、岩瀬は少しも動じずに、

「会ったのか」

「お前、どういうつもりで――」

「あの女の子に会ったのか」

そこでようやく、問い掛けが飯沼になされていることを、他の三人は悟った。

「い、いや……」

バックミラー越しに自分を見詰める岩瀬に対し、飯沼が首を振ると、横川が二人を交互に見ながら、

「なんなんだ一体？　お前ら何か隠してるだろ。そうか、飯沼は訳が分からないけど、何か引っ掛かるものがあるんだったな。で、岩瀬、お前はどうなんだ？　勿体付けてないで、はっきり言えよ」

「覚えてないのか」

再び後部座席に問い掛けてくる。

「何をだ？」

「僕たちが小学校の一年生のとき、二学期に転校して来た女の子のことを——」

その瞬間、ずきんと飯沼の頭が痛んだ。

「抜けるように色の白い、とても美しい顔立ちをした子で、まだ小さいのに何処か色気まで漂わせていて、おまけに両目の虹彩が違うために、とても神秘的な雰囲気を纏っていた女の子のことを……」

頭の痛みが酷《ひど》くなり、思わず飯沼は顳顬《こめかみ》を押さえた。何か良くないものを思い出しそうで、途轍も無い恐怖心に囚われる。

「おいおい、そのときの少女と今回の女の子が、同一人物だっていうのか」

「もう二十年も前の話やろ。お前、頭は大丈夫なんか」

横川と貝塚が同時に突っ込みを入れたが、岩瀬は淡々とした口調で、

「来たんだ」

「はぁ？」

完全に馬鹿にした様子で、横川が応じる。

「あの女の子が……」

「何処にだよ」

「この車に……」

「なんだって？」

「皆が寺に行っているとき、『私を覚えてるでしょ』って――」

「な、何を言ってんだよ」

「それで『入れて』って言われた」

「車にか」

「もちろん断わった。でも、何度も何度も何度も懇願するから――」

「お前、まさか……」

「うん。入れたんだ」

車内が突然、しーんとした。夜の山道を進む車の走行音だけが、彼らの周囲に響いている。

と、けたたましい笑い声が横川から発せられた。

「いやぁ、危うく騙《だま》されるとこだったよ。岩瀬も人が悪いなぁ」

「なーんや、せやったんか。俺も正直、ちょっとビビったやないか」

貝塚が、ホッと胸を撫で下ろしている。しかし飯沼は、ほんの少しあの女の子のことを思い出し掛けていた。

「岩瀬、それで彼女は……」

「おい、飯沼まで調子を合わせるなよ」

「ほんまや。いくら小学校のときに、同級生やったからいうて――」

「ここよ……」

再び車内が寂とした次の瞬間、助手席から岩瀬の方を向いた横川が絶叫した。その後ろに座っていた貝塚も、斜め後ろから運転席が見えたのか、たちまち悲鳴を上げはじめた。飯沼だけがバックミラー越しに、ただただ岩瀬と目を合わすばかりで……。

それからすぐ車は山道を外れて、崖下へと転落した。

転げ落ちる車のドアから、自分が外へと弾き出されたことを、飯沼は覚えている。だが、そこで記憶は途切れており、意識を取り戻すと病院のベッドに寝ていたという。

「運良く車の外に出られたお蔭で、俺だけ助かったんでしょう。でも、あいつらは死んでしまった。それで俺を呼びに来るんです。こっちに来いと……」

そう言って飯沼は、奇っ怪な己の体験談を締め括《くく》った。

　俊一郎が興味を惹《ひ》かれたのは、飯沼と岩瀬が小学一年生のときに転校して来た少女が、二十年も経っているのに当時の姿のままという奇っ怪さだった。本当に同一人物なのかと訊くと、現代の姿を目にしていないはずなのに、彼は即座に頷いた。だが、小学生時代の話を促すと、余り思い出したくない……と消極的な反応が返ってくる。

　魔物だな、その子は……。

　それもかなり質《たち》の悪い存在だと分かる。祖母なら彼女の正体について、ある程度の察しが付くかもしれない。しかし今は、魔少女よりも飯沼だった。

「三人はいつ、どんな風に現れ、何と言うんです？」

「最初に現れたのは、六日前の夕方でしょうか。三人が同時に来ました。それぞれ怪我を負った姿で……、盛んに俺を呼ぶんです……」

「それから――」

「必ず毎日、誰かが現れます。でも岩瀬だけは、こっちに来ちゃいけないって……警告してくれる。ところが昨日、また三人でやって来て……。そうなると岩瀬は何も言えなくなって、ただ二人に従うだけで……。だから近いうちに、連れて行かれそうな気がして……」

「その方が良いと思います」

「えっ……な、なんですって！」

　俊一郎の言葉に、飯沼が驚きの声を上げた。

「恐らく逆なんです」

「はっ？　逆って……」

「つまり死んだのは三人ではなく、あなた一人だった。いえ、まだ亡くなっていませんね。事故以来ずっと意識不明の状態が続いていて、だから無事だった三人が、あなたに呼び掛けているわけです。死ぬな——とね」

「そ、それじゃ岩瀬は……」

「お互いの立場が変われば、もちろん言葉の意味も完全に逆になる」

「…………」

「八日前の土曜日の深夜、あなたたちは事故に遭《あ》った。三人が現れたのが六日前の夕方ということは、大した怪我ではなかったわけです。昨日また三人が揃ったのは、会社が休みの土曜日だったからでしょう」

「お、お、俺は一体……」

「魂……、霊体……、霊魂……、生霊……、何と呼んでも構いませんが、自分の身体に還《かえ》った方がいい。そうやって彷徨《ほうこう》していると、本当に死ぬ羽目になりますよ」

呆然《ぼうぜん》とした顔付きで飯沼は立ち上がると、俊一郎に一礼をして、そのまま普通に扉を開けて出て行った。

いつの間に姿を現したのか、そんな飯沼を見送るように、机の横に僕が座っている。

「死相は視えないのに、妙に死の影を感じるわけだよ。相手は半分死者なんだから」

そう呟くと、にゃーと僕が応じた。

病院に戻った飯沼が助かったのかどうか、俊一郎は知らない。わざわざ確かめようとも思わない。

ただ、もし彼が死んでしまった場合、他の三人に死相が現れていないか、今度は飯沼が彼らを呼ぶのではないか、と冷静に考えただけで——。

解説

日下三蔵《くさかさんぞう》
（文芸評論家）

ホラーと本格ミステリの両分野にまたがって、旺盛《おうせい》な執筆活動を続ける三津田信三の初のホラー短篇集が、ついにまとまった。しかも収録作品のほとんどが問答無用で恐ろしい極上の作品集である。

ホラー・ファンの方なら分かっていただけると思うが、読んでいて背筋が凍りつくような恐怖小説は、実はそれほど多くはない。出来のいい短篇集であっても、中に二、三本も怖い話があれば上々。映像と違って、活字で人を怖がらせるのは、非常にハードルが高いのである。その点で本書は、なみいる歴代の恐怖小説集の中でもトップクラスに位置する一冊といえるだろう。

三津田信三の詳しい経歴については、光文社文庫既刊『禍家』の千街晶之《せんがいあきゆき》氏の解説を参照していただくとして、ここでは本書を読むに当たって、最小限必要と思われる略歴をご紹介しておこう。

三津田信三は少年時代からのミステリ・ファンで、特にディクスン・カーが好きという本格ミステリ派であったが、大学時代にホラーの面白さにも魅かれたという。

　京都にあった同朋舎出版のグラフィック誌「GEO」の編集者として、「ロンドン・ミステリー・ツアー」などの特集を手がけ、さらに趣味を生かして〈ワールド・ミステリー・ツアー13〉、〈日本怪奇幻想紀行〉、〈ホラージャパネスク叢書〉といったシリーズを次々と編集した。

　〇一年八月、作家の三津田信三が登場する『ホラー作家の棲む家』（講談社ノベルス→〇八年七月の講談社文庫版は、後日譚の短篇を加えて『忌館　ホラー作家の棲む家』と改題）を刊行。以後、メタフィクショナルな趣向を取り入れた『作者不詳　ミステリ作家の読む本』（〇二年八月）、『蛇棺葬』（〇三年九月）、『百蛇堂　怪談作家の語る話』（〇三年十二月／いずれも講談社ノベルス）を刊行して熱心なホラー・ファンの注目を集める。つづく『シェルター　終末の殺人』（〇四年五月／東京創元社）にも三津田信三が登場するが、これは核シェルターという閉鎖状況を舞台にした本格ミステリの要素が強かった。

　〇六年二月、『厭魅《まじもの》の如き憑くもの』（原書房→講談社文庫）で土俗的ホラーと本格ミステリの面白さを融合させて新境地を開き、ミステリ・ファンからも高い評価を受けた。東《とう》城雅哉《じょうまさや》の筆名を持つ怪奇小説家・刀城言耶《とうじょうげんや》が登場する作品は、以後、『凶鳥《まがとり》の如き忌むもの』（〇六年九月／講談社ノベルス→〇九年四月に書下ろし短篇を加えて原書房からも刊行)、『首無の如き祟るもの』(〇七年五月/原書房)、『山魔《やまんま》の如き嗤うもの』(〇八年四月/原書房)、短篇集『密室《ひめむろ》の如き籠るもの』(〇九年四月/講談社ノベルス)と着実なペースで刊行され、現在、本格ミステリの世界で最も注目されるシリーズの一つとなっている。

『スラッシャー　廃園の殺人』(〇七年六月/講談社ノベルス)はホラー映画のシチュエーションを下敷きにした恐怖ミステリ。『禍家』(〇七年七月)と『凶宅』(〇八年九月/いずれも光文社文庫)の二冊は幽霊屋敷テーマのホラー長篇である。角川ホラー文庫の〈死相学探偵〉シリーズは、他人の死相が見える能力を持った私立探偵・弦矢俊一郎《つるやしゅんいちろう》が登場するミステリ・タッチのホラーで、〇九年八月までに『十三の呪』(〇八年六月)と『四隅の魔』(〇九年三月)の二冊が刊行されている。

本書は、井上雅彦《いのうえまさひこ》の編によるテーマ別の書下ろしアンソロジー〈異形コレクション〉(光文社文庫)に発表された作品を中心に、雑誌発表の短篇二本と著者が蒐集した実話怪談四篇を加えた作品集である。各篇の初出は、以下のとおり。

赫眼　『伯爵の血族　紅ノ章』'07年4月
怪奇写真作家　早川書房「ミステリ・マガジン」'08年8月号
見下ろす家　『オバケヤシキ』'05年8月

よなかのでんわ　『闇電話』'06年5月
灰蛾男の恐怖　光文社「ジャーロ」35号（'09年春号）
後ろ小路の町家　『京都宵』'08年9月
合わせ鏡の地獄　『未来妖怪』'08年7月
死を以て貴しと為す　『幻想探偵』'09年2月

〈異形コレクション〉に発表された作品は、『伯爵の血族』の「吸血鬼」のように、それぞれのテーマに沿った内容になっているので、読まれる際には初出本のタイトルも、ぜひ確認していただきたい。

これらの収録作品には、三津田信三の特色が実によく現れている。まず第一は、メタフィクションの技法だ。例えば「怪奇写真作家」に出てくる写真家サイモン・マースデンは実在の人物で、言及されている本も実際に出版されているものである。著者自身が編集していた雑誌「GEO」が登場し、実在の出版社トレヴィルが登場し、読者は現実のように見えた世界から、いつの間にか虚構の世界へと連れ込まれてしまう。「灰蛾男の恐怖」の語り手の作家も、刀城言耶シリーズを書いているというのだから、三津田信三なのだろう。「後ろ小路の町家」は『百蛇堂　怪談作家の語る話』の執筆時に事情があって使えなかったエピソードという枠組みである。

第二にアナグラムの多用も、特徴のひとつに挙げられるだろう。漢字、ひらがな、アルファベットなどに文字を分解して並べ替えるアナグラムは、初期の三津田信三シリーズに顕著だったが、本書においてもある作品で効果的に使用されている。作品の舞台としてしばしば登場する名護池（ＮＡＧＯＩＫＥ）なる地名も、小金井（ＫＯＧＡＮＥＩ）のアナグラムとのこと。

第三に本格ミステリとホラーの要素を的確にブレンドさせている点だ。理知の小説である本格推理と情理に訴える恐怖小説は、一見すると相反するジャンルのように思われるかもしれないが、始祖であるエドガー・アラン・ポーを持ち出すまでもなく、同じ根っこから分かれた兄弟なのだ。江戸川乱歩《えどがわらんぽ》、横溝正史《よこみぞせいし》から、山田風太郎《やまだふうたろう》、都筑道夫《つづきみちお》、現代の綾辻行人《あやつじゆきと》、有栖川有栖《ありすがわありす》に至るまで、本格ミステリの名手が同時に怪奇小説のオーソリティでもあるケースは数多い。自身ではホラーを書いていない鮎川哲也《あゆかわてつや》も、アンソロジストとしては『怪奇探偵小説集』全三巻（双葉社）を編むなど、怪奇ものには目がなかった。

怪奇で不可思議な現象に超自然的な説明がなされればホラー、人為的なトリックが明かされれば本格推理になるわけで、本書でいえば、ひとつの事件に対してホラー的解決と本格ミステリ的解決の二通りの解釈を提示する「灰蛾男の恐怖」などは、両者の近似性を端的に現した作品といえる。

第四に作品間の意図的なリンクの多用を指摘しておきたい。高木彬光《たかぎあきみつ》が『狐の密室』で神津恭介《かみづきょうすけ》と大前田英策《おおまえだえいさく》を、栗本薫《くりもとかおる》が『猫目石』で栗本薫と伊集院大介《いじゅういんだいすけ》を共演させているように、遊び心の発露として異なるシリーズの作品世界を同一に設定する例は珍しくない。名探偵の共演こそなかったものの、横溝正史の金田一耕助《きんだいちこうすけ》ものと由利《ゆり》先生ものには等々力《とどろき》警部が、鮎川哲也の鬼貫《おにつら》警部ものと星影龍三《ほしかげりゅうぞう》ものには田所《たどころ》警部が、それぞれ登場していて同一の世界であることをうかがわせてくれた。笠井潔《かさいきよし》や泡坂妻夫《あわさかつまお》のように、登場人物や固有名詞が共通して、ほとんど全作品がリンクするのではないかという作家もいるが、三津田信三の場合は作家・三津田信三シリーズがあるので、作品同士の関係も複雑だ。

前述したように、作中の三津田信三も作者と同じ経歴を持ち、刀城言耶シリーズを書いているようだが、「よなかのでんわ」では刀城言耶のペンネームである東城雅哉が実在した作家として言及されているし、長篇『禍家』には『ホラー作家の棲む家』の舞台になったと思しき洋館が登場する。死相学探偵シリーズの短篇である「死を以て貴しと為す」には「赫眼」のキャラクターらしきある人物が顔を見せる、といった具合である。人物、土地、作中作などがメタ的なレベルで連結しあって、巨大な三津田ワールドを形成しつつあるようだ。

第五に独特の擬音を用いた粘り気のある文体。これは特に、怪異の描写で抜群の効果を発揮しており、例えば本書では「後ろ小路の町家」のクライマックスの尋常ではない怖さを支え切っている。

いちいち数え上げていてはきりがないが、これらの要素が渾然《こんぜん》一体となって、三津田信三ならではの作品世界が紡《つむ》がれているのである。「虚構↔現実」という縦軸に、「本格ミステリ↔ホラー」という横軸を加え、四つの象限を自在に往還することで、読者に思いもよらない謎と恐怖を提示するのが三津田信三であるといえるだろう。

本書は、「ホラー小説の愛好者であれば、読み逃したら損」と自信をもってお勧めできるハイレベルの恐怖小説集であるが、初めてこの作者の本を手に取ったという読者にとっては、単にこの本の収録作品を楽しむだけでなく、これまでに刊行された、そしてこれから刊行される三津田信三の著作へのパスポートとしても、大いに意義のある一冊となるに違いない。ミステリとホラーを愛するすべての読者に、ぜひとも読んでいただきたい作品集である。

光文社文庫

文庫書下ろし＆オリジナル

赫《あか》眼《まなこ》

著者　三《み》津《つ》田《だ》信《しん》三《ぞう》

2009年9月20日　初版1刷発行
2019年5月30日　3刷発行

発行者　鈴木広和
印刷　新藤慶昌堂
製本　ナショナル製本

発行所　株式会社 光文社
〒112-8011　東京都文京区音羽1-16-6
電話（03）5395-8149　編集部
8116　書籍販売部
8125　業務部

ISBN978-4-334-74645-2　Printed in Japan

組版　萩原印刷